鬼の花嫁　新婚編四
～もうひとりの鬼～

クレハ

STARTS
スターツ出版株式会社

目次

鬼の花嫁　新婚編四

～もうひとりの鬼～

プロローグ

多くの国を巻き込んだ世界大戦が起き、その戦争は各国に甚大《じんだい》な被害と悲しみを生み出した。

それは日本も例外ではなく、大きな被害を受けた。

復興には多大な時間と労力が必要とされると誰もが絶望の中にいながらも、ようやく終わった戦争に安堵《あんど》もしていた。

けれど、変わってしまった町の惨状を見ては悲しみに暮れる。

そんな日本を救ったのが、それまで人に紛れ陰の中で生きてきたあやかしたち。

陰から陽のもとへ出てきた彼らは、人間を魅了する美しい容姿と、人間ならざる能力を以《もっ》て、戦後の日本の復興に大きな力となった。

そして現代、あやかしたちは政治、経済、芸能と、ありとあらゆる分野でその能力を発揮してその地位を確立した。

そんなあやかしたちは時に人間の中から花嫁を選ぶ。

見目麗しく地位も高い彼らに選ばれるのは、人間たちにとっても、とても栄誉なことだった。

あやかしにとっても花嫁は唯一無二の存在。

本能がその者を選ぶ。

そんな花嫁は真綿で包むように、それはそれは大事に愛されることから、人間の女性が一度はなりたいと夢を見る。

あやかしの本能は、呪いのように花嫁に囚われる。

しかし、花嫁はただの人間。

あやかしのように本能により相手に惹《ひ》かれるわけではない。

それゆえに、愛する気持ちは永遠ではなく、心変わりする可能性もある。

しかも、花嫁の中には愛しているからではなく、あやかしの地位や名声、財力に目がくらんで花嫁になることを選んだ者もいるのだ。

そんな、相手への愛情も持たずに己の利益のみを優先して花嫁になった者ならなおのこと、ためらいもなく簡単にあやかしを捨ててしまえる。

花嫁を失ったあやかしが、その後どんな感情を抱きながら生きていくかも考えずに……。

一章

友人である透子《とうこ》と東吉《とうきち》の結婚式が行われてから数日後、柚子《ゆず》は久しぶりに祖父母の家を訪ねていた。

「柚子、なんだか久しぶりな気がするわ」

柚子を出迎えた祖母が、嬉《うれ》しそうに顔をほころばせながら柚子を軽く抱きしめる。

「元気そうで本当によかった」

「ごめんね、おばあちゃん。おじいちゃんも」

祖母の後ろには祖父が立っている。顔色のいい柚子の姿を見て祖母と同じように一瞬安堵した顔を見せたが、すぐにそれは不安そうな表情へ変わる。

「あれからなんともないのか、柚子?」

「うん。迷惑かけちゃってごめんね」

「迷惑だなんて……。柚子が無事ならそれでいいのよ」

と、祖母は柚子の手を優しく包み込む。

最近祖父母と会えていなかった柚子。

その間に柚子は、神との邂逅《かいこう》で行方不明になったり、何日も目を覚まさなかったりと、心配させるようなことばかりを起こしていた。

それはほぼ柚子のせいなどではなく、諸悪の根源はあの神で間違いないのだが、心労をかけてしまったことに柚子は申し訳なくなった。

今回の訪問は、もう大丈夫だと伝えるためでもあり、久しぶりに家族で団欒《だんらん》してきたらどうかと玲夜《れいや》から勧められたからでもある。

「ほら、いつまでも玄関口で話してないで、中へ入ったらどうだ？」

祖父の言葉にはたと気がつく。

久しぶりに会えた喜びで、まだ家の中に入ってさえいなかった。

「あら、本当だわ。さっ、柚子。今日は柚子の大好物をたくさん作ったのよ。今日は泊まっていけるんでしょう？」

祖母がウキウキとした様子で柚子が泊まることを嬉しそうにしている。

「うん。玲夜からもちゃんと許可もらったから」

「三人で川の字で眠りましょう」

「あいあい！」

「あーい！」

自分たちもいるぞと言わんばかりに、柚子の肩に乗っていた子鬼たちがぴょんぴょん飛び跳ねる。

「あらあら、子鬼ちゃんたちも忘れていないわよ。皆で一緒に寝ましょうね」

「あーい」

「あい」

クスクスと笑う祖母の言葉に、子鬼は嬉しそうに手を上げて返事をした。

家の中へ入り、祖母が手作りしてくれたぼたもちと一緒に、お茶を飲む。

祖父母とこうしてのんびりとした時間を過ごすのは久しぶりだ。

「柚子が行方不明って聞いてすごく驚いてね、この人ったら裸足で探しに行こうとしたのよ。そのうろたえ方っていったらひどくて、慌てて止めたわ。なんとか靴を履かせたけど、今度はスマホの代わりにテレビのリモコンを持って出ていこうとするし、大変だったのよ。その時の様子を柚子に見せたかったわ。動画に撮っておくべきだったかしらね」

「お、おい！」

祖母は冗談めかして笑い、祖父は顔を赤くする。

醜態を晒《さら》されて恥ずかしそうだが、柚子としては心がほんわかした。

「おじいちゃん、ありがとう。いっぱい心配かけてごめんね」

「柚子が無事ならそれでいい」

微笑む柚子に、祖父はぷいっとそっぽを向き仏頂面でつぶやいた。

一見すると怒っているようにも見えるが、機嫌の悪さから来る表情でないのは誰の目にも明らかだ。

祖父は、その時に己が取った行動が恥ずかしいだけである。

それが分かるだけに、なんとも優しい空気が場を包み込み、敏感に感じ取った子鬼たちもニコニコしていた。

「玲夜さんも相当心配していたんじゃない？」

祖母の問いかけに、柚子は当時の玲夜を思い出して苦い顔をする。

「心配を通り越して、神様にブチ切れてた」

柚子が止めなければ確実に社を壊しに行っていただろう。

「あらあら」

困ったように頬に手を当てる祖母と、腕を組みながら「当然だ」と怒りを顔に浮かべる祖父。どうやら祖父は玲夜に負けないぐらいご立腹しているようだ。

「神だかなんだか知らないが、柚子をなんだと思ってるんだ」

「私も同意見だけど、神様なんて本当にいるのねぇ」

「信じられないよねぇ」

神の存在に関して浮かぶ思いは柚子も祖母に同感だ。

神については、祖父母に説明していた。

というのも以前、夢で神と話をした影響で柚子が何日も目を覚まさないことがあった。当然玲夜だけでなく祖父母にも気苦労をかけてしまった出来事ゆえ、柚子がどうして眠りから覚めなかったのか、理由を話さないわけにはいかなかったのだ。

そうしなければ、柚子の体のどこかに問題があるのではと余計に不安にさせてしまうと思ったからである。

問題は祖父母が神の存在を信じてくれるかだったが……。

祖父母は最初こそ驚いていたものの、柚子の周りにはなにかと人外な生物がたくさんいる。

子鬼しかり、龍しかり。特に龍は、体の大きさを変えられたりもできる、あやかしすら驚く人ならざる存在だ。

それを実際目にしているので、祖父母が神という存在を受け入れるのは比較的容易だった。

祖父母からしたら子鬼も龍も神も、あまり変わらない不可思議な存在なのだ。

そういう免疫があるという意味では透子と東吉も同じであり、比較的すんなりと神の存在を受け入れていた。

まろとみるくも龍と同じ霊獣だが、見た目も行動も猫そのもので、龍と同じ特別な存在という実感はあまり湧かないため除外する。

「柚子だけじゃなくて玲夜さんも病院に運ばれて不運続きだったわね」

「うん……」

穂香《ほのか》によって神器で刺された玲夜は病院に運ばれ、しばらく意識が戻らなかった。

刺されたといっても、神器だったからか体に傷はつかずに済んだのは幸いだと思ってよかったのだろうか。

けれど、代わりにあやかしの本能をなくしてしまった。

「柚子を花嫁と感じなくなったなんて、大丈夫なの？」

祖母は心配そうにしている。

確かに、あやかしの本能によって玲夜は柚子を見つけ、孤独が続く日々から助け出してくれた。

だからこそ、本能がなくなってしまったなら柚子への愛情にも変化があるのではないか。

そう考えるのは、なにも柚子だけではない。祖父母もまた、玲夜が本能をなくしたことに不安を覚えているようだ。

玲夜の体への影響はもちろん気がかりだが、一番は柚子が傷つかないかを気にしている。

「病院に運ばれたけど体調にはなにも問題はないの。龍によると、私を花嫁だって本能で分からなくなっただけで、私が玲夜の花嫁であること自体に変わりはないんだって」

「でも、本能がなくなってしまったら、柚子のことは……。その……」

祖母が言いづらそうにする。

柚子の気持ちを考えて、その先の言葉を口にするのをためらっているようだ。

気を遣わせているのが申し訳ない柚子は、努めて明るく振る舞う。

「大丈夫よ、おばあちゃん。本能がなくなったって、玲夜は私のことを大事に思ってくれているから」

「本当に大丈夫なの？」

「うん。正直私も離婚は覚悟の上だったんだけどね。本能をなくしたはずなのに、玲夜の態度がまったく変わってなくて、逆に驚いちゃった。お義母様《かあさま》も桜子《さくらこ》さんも心配して損したって反応だったし」

それだけ全員、万が一を覚悟していたのだ。玲夜が柚子を捨てることになっても、本能をなくしたのだから致し方ないと。

なのに、玲夜ときたら周囲の憂いをよそに、それがどうしたと言わんばかりのいつもと変わらぬ溺愛っぷり。拍子抜けするのは当たり前だ。

「玲夜は、本能がなくても柚子が好きだから大丈夫だよー」

「玲夜の執着心は神様でも矯正不可なの〜」

「うんうん、重たい男なのー」

「そうなの、ヤンデレってやつなの」

子鬼たちの玲夜に対する評価に、玲夜が子鬼たちに普段どう思われているのかがうかがえる。

玲夜の使役獣だというのに、主人にこんなに厳しいとは。しかし、間違ってはいないので、柚子も複雑そうな顔である。

「子鬼ちゃん……」

玲夜が聞いたら眉間に皺《しわ》を寄せそうだ。

けれど、そんな子鬼たちの飾らない言葉は祖父母に安堵感を与えたよう。

「そうなのね。玲夜さんが変わりないようでよかったわ」

ほっとした顔をするのは祖母だけでなく、祖父も無言ながら安心感が表情に表れていた。

「私たちにはあやかしの本能なんてもの分からないけど、その本能で柚子を見初めたのなら、本能がなくなってしまうと柚子を捨ててしまうんじゃないかって気をもんでいたの。でも、違うのね。変わらず柚子を愛してくれているって知って安心だわ」

「おばあちゃん……」

柚子の知らないところで相当心配をかけていたようだ。

心から安堵する祖母を前に、次第に柚子の顔が曇っていく。

柚子を第一に考える祖父母を見ていると、思わず自分の中にくすぶっているある気持ちが口から出てしまう。

「確かに玲夜は変わらずにいてくれてるけど、本能がなくなった以上、これからは『絶対』なんて言葉は言えなくなっちゃった……」

しゅんとする柚子を見て、机の上に乗っていた子鬼たちが心配そうな顔で、柚子に近寄ってくる。

「本能がなくなっても玲夜の態度が変わらなくて、最初は今の自分を好いてくれてるんだって強がって喜んでた。でも、本能をなくした以上、私から離れていくことだってあると思うの。普通はそれが当たり前だよね。絶対なんてない。心の問題だから、どうにかできるものじゃないもの」

柚子は自分に玲夜をつなぎ止めておくだけの魅力があるのかと、少し前から不安になっていた。

玲夜が本能を失った当初はそれでも柚子を選んだと喜びの方が勝っていたが、時間が経てば経つほど考えさせられる。

玲夜を信じていないわけではない。けれど、どんなに愛し合っていたとしても、別れる夫婦だっているのもまた事実なのだ。

これからの柚子は、柚子の魅力で玲夜に好きでいてもらわなければならない。

「私の魅力ってなんだろ？　玲夜のようにすべてを手に入れている人をつなぎ止めて

おけるような力、私にあるのかな……」

柚子は己を客観的に見て、そんな魅力など『ない』と断言できる。

玲夜のようなハイスペックな存在には、〝花嫁〟という価値をなくしたら、桜子ぐらいの器を持った人でなくてはふさわしくない。

玲夜はいつまで自分を好きでいてくれるだろうか……。

柚子は最近、マイナス思考になってしまうのを止めるのが難しくなってきていた。

考えたところで、未来がどうなるかなど分からない。

しかし、あの歪《ゆが》んだ両親のもとで暮らしていた影響もあってか、柚子は家族への理想が高い。

その結果、少々玲夜に対して依存している部分があると自覚しているため、玲夜に捨てられたらどうしようかという不安がつきまとう。

花嫁に執着していたのは、なにも玲夜だけではないのだ。柚子もまた、花嫁という立場を心の支えにしている部分があった。

憂鬱な気持ちを隠しきれず、柚子ははあっと重苦しいため息をつく。

その様子に、祖母はクスクスと笑った。

なぜ笑うのか分からない柚子がきょとんとする。

「おばあちゃん？」

「まあまあ、柚子ったら贅沢《ぜいたく》な悩みね。悩みというよりは惚気《のろけ》を聞かされているみたいだわ。ねえ、おじいさん」

「まったくだ」

祖母に返事を求められた祖父は同意する。その顔は祖母と同じくにこやかな表情をしていた。

柚子は自分の中にある不安を口にしたのに、どうしてそんなに微笑ましいと言いたげな表情をされるのかと首をかしげる。

慰めの言葉を期待したわけではなかったが、予想外の反応だった。

「玲夜さんはあやかしの本能をなくしても柚子を選んだんでしょう？」

「まあ、一応……」

「一応なんて言ったら玲夜さんがかわいそうよ。本能ではなく玲夜さん自身の心で柚子を選んだんだから、柚子はそれを素直に受け止めればいいだけじゃないかしら？」

「おばあちゃんったら、そんな簡単に言って……」

それほど単純な問題ではないはずだと柚子は困ったように眉尻を下げるが、祖母の優しいお説教は止まらない。

「簡単でいいのよ。魅力なんて、今の柚子を選んだ玲夜さんが分かっているんだからいいじゃない。柚子は難しく考えすぎるわ。そもそも、好きって気持ちは努力でどうにかなるものではないんだから、悩むだけ無駄よ」

「無駄……」

まさか自分のここ最近の苦悩が『無駄』とバッサリ切り捨てられるとは思わなかった柚子は愕然《がくぜん》とする。

「好きな時はどうしたって好きだし、嫌いになる時はどんなに頑張ったって嫌いになるものよ」

その言葉には年長者ならではの説得力があった。

ようやく柚子の顔に笑みが浮かぶ。

「おばあちゃんにもそんな時があったの？」

「それはもちろんよ。過去にお付き合いした人だっていたし、結婚してからもおじいさんといろいろとあったわよ。ここではあえて言わないけれど」

祖母が祖父の方を見ながら微笑むと、祖父は居心地が悪そうにし、空気を変えるように咳払いをしてから「あー、ちょっとトイレに行ってくる」と言って部屋を出ていった。

その様子を楽しげに見る祖母は、完全に祖父を尻に敷いているようだった。

「なにかあっても乗り越えるのが夫婦よ。柚子も不安になることは多いでしょうけど、二人三脚で頑張りなさい」

「うん」

力強い祖母からの助言によって、柚子の表情は晴れやかになったように見えた。

＊＊＊

一方その頃、柚子が無事に祖父母の家に到着したというメッセージが玲夜の携帯に届いていた。

柚子につけていた護衛からの連絡だ。

メッセージを確認して安心する玲夜は、わずかな寂しさを感じつつ、携帯をデスクの上に置いた。

本当は玲夜も柚子と一緒に行きたかったが、久しぶりに会う祖父母との水入らずの時間を邪魔しない方がいいだろうと気を利かせ、自身は仕方なく会社で仕事をする選択をした。

柚子は今日祖父母の家に泊まる。つまり、仕事を終えて帰っても屋敷に柚子の姿はないのだ。

想像するだけで、帰宅が億劫《おっくう》で憂鬱なものとなる。

自然と漏れたため息に、玲夜の秘書である荒鬼《あらき》高道《たかみち》は苦笑する。

「玲夜様、たった一日だけですよ」

「分かってる……」

理解していても心が納得するかはまた別なのだ。

わずかに機嫌を悪くしたのを察した高道は、やれやれという様子で仕事に取りかかった。今の玲夜になにを言ったところで意味はないと判断したのだろう。

玲夜も柚子のことを考えないで済むように仕事に意識を向けた。

そうして仕事を進めてからしばらく、部屋がノックされる。

すぐさま高道が動いたが、対応するより先に扉が開き、なんとも元気のよい声が響く。

「玲夜様、お疲れ様です～」

陽気な笑顔で入ってきたのは、副社長であり、鬼龍院《きりゅういん》の筆頭分家の嫡男、鬼山《きやま》桜河《おうが》である。

「桜河、返事をする前に入ってきては意味がないでしょう！」

目を吊り上げて高道が苦言を呈するが、桜河は気にした様子はない。

桜河と高道はひとつしか年齢が変わらず、家同士も鬼の一族の中で当主に近い地位にあるからか、気安い間柄なので言葉にも遠慮がない。

それゆえ、高道も自分に対しての態度は気にしたりはしないが、それが玲夜にも向けられるとあらば話は違う。

玲夜至上主義の高道としては黙っていられるわけがない。

一方で、桜河は玲夜を前にしても軽く、チャラいと言われてもおかしくない態度が常である。

もちろん、話し方はきちんと礼節を守っていると感じられるものなので、玲夜もよほど無礼がすぎない限り文句を言うことはなかった。

いや、他者への興味が希薄な玲夜はただどうでもいいと思っているだけというのもある。

いちいち注意するほどの関心がないのだ。長年そばで働いている桜河だとしても。

玲夜が大きく心動かされるのはこの世界でただひとり、柚子だけ。

「仕事はどうしたのですか？」

「休憩だよ、休憩。それと、玲夜様の調子をおうかがいにさ」

高道と桜河がそんなやりとりをしていても興味がなさそうな玲夜の前に、桜河は紙袋を置いた。

これはなんだと問うような、玲夜の訝《いぶか》しげな眼差しが桜河に向けられる。

「玲夜様の退院祝いです……といっても、玲夜様はそんなものをもらっても喜ばないでしょうから、柚子様への贈り物です」

「柚子に？」

それまでその目に映っていたのは〝無〟だったのに、『柚子』と聞いた瞬間に玲夜の目に感情が宿る。

その様子が興味深いとばかりに玲夜を見る桜河は、ニコリと笑った。

「今、女性秘書の間で人気のお店の限定スイーツなんですよ。お願いして買ってきてもらいました。きっと柚子様なら喜ぶと思いますよ。玲夜様から渡してあげてください」

自分が買ってきたわけでもないのにドヤ顔の桜河に向けられる、高道の視線は冷たいものだ。

けれど、喜ぶ柚子の顔を思い浮かべる玲夜の表情は柔らかい。

「そうか。礼を言う」

「いいですよ～。柚子様も何日も目を覚まさなかったりと、最近はいろいろ大変なことが続きましたからね」

「……まったくだな」

ボキリと、玲夜が持っていた万年筆が折れる。

いや、折れるという言葉では足りないほど粉砕しているではないか。

その瞬間、桜河と高道の顔が青ざめた。

玲夜からは並々ならぬ覇気が発せられており、まさにブチ切れ一秒前。般若、あるいは魔王がいつ降臨してもおかしくない状態である。

「俺、なにか気にさわるようなこと言いましたか……？」

顔を引きつらせながらも恐る恐る問う桜河は、素晴らしい勇気の持ち主である。だてに副社長として玲夜の右腕をしているわけではない。

「あのクソ神を思い出しただけだ。考えるだけで忌まわしいっ！」

その顔はまさに魔王で、桜河は思わず一歩下がる。

「あの神のせいでいったいどれだけ柚子が迷惑を被り、泣いたか。俺があやかしの本能まで奪われたのも、もとを正せばあの神のせいだ。社を潰してやろうとしたが、残念ながら柚子に止められたから今はなにもしない。だが、そのうち必ずそれ相応の礼はさせてもらう」

「いやいや、相手は神ですから、どうか穏便にお願いしますよ。玲夜様になにかあったら柚子様が悲しまれますからね。ねっ？」

玲夜をなだめる桜河の顔は真剣そのもの。高道も、桜河の隣でこくこくと頷《うなず》いている。

「ちっ」

玲夜は憎々しそうに舌打ちをするが、行動に起こすのは止められたようだと桜河はほっとした顔を見せる。

玲夜になにかお願いをする時は柚子の名前を出すのが一番だと、彼の周囲にいる者には常識であった。

玲夜が感情に振り回される理由となるのが柚子なら、そんな玲夜を止められるのも柚子なのだ。

桜河は冷静さを取り戻した様子の玲夜の顔を見ながら問いかける。

「玲夜様は神器によって、あやかしの本能をなくされたのですよね？」

「ああ……」

「それってどんな感じなんですか？　そもそも、花嫁を見つけたあやかしの気持ちを俺は分からないですけど、花嫁である柚子様への本能をなくして、どんな変化があったのですか？」

「桜河」

不躾《ぶしつけ》に問いかける桜河に、高道が咎《とが》めるように名を呼ぶが、桜河は質問を撤回するつもりはなさそうだ。

「いいじゃないか、高道。少し気になったんだよ。本能を失っても、玲夜様は相変わらず柚子様への気持ちに変わりがない。本能をなくして、なにかしらの変化があるのかと知りたいんだ。なにせ、他に神器で刺されたあやかしは花嫁を捨てたっていうじゃないか。玲夜様はそんなあやかしたちとなにが違うのか、高道だって気にはなるだろう？」

「それは……」

すぐに否定できないことが、桜河の言葉を肯定していた。

玲夜はじっと桜河の顔を見てから、デスクの上にある携帯へと視線を移し口を開く。

「そうだな。本能をなくしたのにはすぐに気がついた。だが、それによって柚子への気持ちが大きく変わったりはしていない」

「それだけ玲夜様は、柚子様をひとりの女性として愛していたという証ですね～」

なぜか桜河は嬉しそうに笑うが、実際はそんな風に笑える状況になかった。

もし玲夜が柚子を花嫁と認識しなくなったと言って柚子を捨てていたら、神の鉄槌《てっつい》が鬼龍院だけでなく鬼の一族に落ちていたかもしれないのだ。

今笑っていられるのも、玲夜が心変わりしなかったおかげである。

「ですが、玲夜様の心は変わっていなくても、本能をなくしてどのような感じなのです？」

桜河は遠慮なしにどんどん質問していく。

「正直、あやかしの本能をなくして感覚的なものは大きく変化している」

玲夜は不快そうに眉をひそめた。

「柚子が大事なことに変わりはない。だが、本能で柚子が花嫁だと感じていた時は、柚子との間に一本の太い線でつながれているような感覚があった。それによって酔うような多幸感に満たされ、充足感もあった。それが神器で刺されて以降は、その線が断ち切られ、柚子をそばに感じられなくなった気分だ。まったくもって不快でならない」

玲夜はその言葉通り、不快感にあふれた表情をする。

「なるほど、興味深いですね。他のあやかしが花嫁を捨てたのも、つながりが切れたように感じたからでしょうか？」

「さあな。そんなものはどうでもいい。俺が変わらず柚子を愛しているならな。それに、柚子からしたら俺が本能をなくした方がよかったのかもしれない」

「どうしてです？」

玲夜がそんな風に思っているのに対して、桜河は少し驚いた様子で問い返す。

「何度も言うが、柚子への想いはなんら変わりない。だが、本能を失ったせいでそれまであった激情が和らぎ、少し冷静に柚子のことを考えられるようになった気がする。あやかしの花嫁へ向ける感情が、時に花嫁を傷つける結果になるのは桜河も知っているだろう？」

「そうですね」

「柚子を感じられる本能を取り戻せるものなら取り戻したい。だが、俺は柚子が絡むとどうしても余裕をなくしがちだからな。柚子の前では頼れる夫でいたいと思っている」

玲夜は小さく息をついた。

「柚子への執着が多少薄れた方が、柚子も息が詰まらなくていいだろ」

続けて玲夜は柚子の姿を思い浮かべながら考えを口にした。

不満がありつつも、今の状況を無理やり納得しようとしているという様子である。

しかし……。

桜河と高道は目を合わせ、なんとも言えない表情を浮かべた。

お互い考えていることは同じなのだと、その表情から察せられる。そして、高道はこめかみを押さえ、桜河は回れ右をして背を向けた。

「じゃ、じゃあ、俺は仕事に戻りますねー」

玲夜に自分の表情を隠すように、桜河は足早に部屋から出た。

＊＊＊

そのまま自分の仕事部屋である副社長室へと戻った桜河はつぶやく。

「いや、玲夜様の、あれって無自覚か？」

桜河は玲夜の顔が真剣そのものだったのを思い浮かべる。

桜河はその場でツッコミを入れなかった自分を褒めてやりたい。

「いやいやいや。本能がなくなっても十分柚子様に執着してるし、柚子様中心に物事を考えてますよ、玲夜様」

桜河はひとりしかいないしんと静まり返った部屋で、先ほど玲夜に対してできなかった分も込めるように強くツッコんだ。

玲夜の言葉の端々からあふれ出て、隠しきれていない柚子への執着心。

本人は『多少薄れた方が』などと言っていたが、まったく薄れている気配がないではないか。

きっと柚子になにかあったら、変わらず余裕がなくなり暴走しまくる様子が目に浮かぶ。ついでに後始末に奔走する自分自身の姿も。

「本能を超えるほど重たい愛って相当だな」

玲夜の並々ならぬ柚子への想いに、桜河は誰もいない部屋であきれていた。

「こりゃ、柚子様には一生玲夜様と生きていく覚悟をしてもらわないとだな」

本能がなくなったからと、今後柚子を手離すかもしれないと期待しても無駄だと感じる。

もはや玲夜が抱く想いそのものが呪いと化している気がして、柚子への憐憫《れんびん》が浮かぶ桜河だった。

そこへ、ノックがして秘書が入ってくる。

桜河の第一秘書は鬼のあやかしの女性である。

玲夜も桜河も多忙なため、ひとりの秘書では到底仕事を賄いきれず複数の秘書を持っているが、玲夜の秘書は高道を筆頭に男性が多く、桜河は女性が多かった。

玲夜に女性秘書をつけるとあやかしは委縮し、人間だと惚《ほ》れてしまうので、面倒ごとを避けるためにも桜河が女性を引き受けているという感じだ。

特にそうすると決めたわけではないものの、玲夜は昔からその地位と容姿から女性に秋波を向けられることが多く、女性に対して無駄に厳しいところがあった。

全身から近寄るなオーラを発しており、怒っているようにも見えてしまう。

余計な気を持たせないためでもあるのだろうが、恋情がない女性に対しても圧が強いので委縮させてしまい、下手に女性をつけられないのだ。

秘書課の人材は男女の割合は半々なので、玲夜が男性秘書を取ってしまうと、女性秘書があまってしまう。

その結果、必然と桜河の秘書は女性が多くなったのだった。

そんな環境にもかかわらず、職場恋愛に発展しないのはなぜだと桜河は少し残念であったが、昨今はハラスメント問題に発展しやすいので仕方ないかもしれない。

多忙な桜河。それはなにかと玲夜が仕事を放り投げてくるからであり、恋人を作っている暇などないのが現状だ。

職場での出会いが絶望的だと、この先結婚相手を見つけられるか不安であった。

妹の桜子はすでに高道と結婚しているというのに、桜河にはいまだそういった話は親からもされていない。

最初こそ結婚願望がさほどなかったので気楽でいいと考えていた桜河も、最近少し焦っていたりするのは誰にも秘密である。

親しい高道にも相談できないのは、鼻で笑われた上で、くだらないと一蹴されそうだからだ。

「桜河様、少しよろしいでしょうか？」

「なに？」

「玲夜様のことなのですが……」

第一秘書の女性は、少し困ったような顔で立っている。

「玲夜様？　なんか問題？」

「いえ、玲夜様が女性と腕を組んで町を歩いていたところを、秘書課のひとりが見かけたと言っているんです。その……、ただならぬ雰囲気だったとか」

「柚子様と歩いてただけじゃないの？」

「いえ、それならばすぐに気がついたはずです。その者も鬼の一族ですので柚子様のお顔を知っておりますし。しかし、柚子様ではなかったらしいのです。まさかとは思ったのですが……」

神器により本能を失った玲夜。桜河は、目の前の秘書が嫌な想像をしているのが分かる。

玲夜が神器によって本能を失ったことは、鬼の一族でもほんのひと握りの者だけにしか伝えられておらず、桜河の第一秘書はそのひとりだった。

だからこそ、玲夜の心変わりを心配して報告に来たのだろう。

玲夜が浮気……。

「………………」

その姿を想像してみた桜河は一拍ののちに、全力で否定した。

「いやいやいや、それは絶対ないって。あの玲夜様だぞ。柚子様を中心に世界は回っていると真顔で断言するような方だ。天地がひっくり返ってもあり得ないって」

「で、ですよね！」

桜河の力いっぱいの否定によって、秘書も食い気味でほっとした顔をした。

「どうやら思い過ごしのようです。忘れてください」

「ああ」

秘書の用件はそれだけだったのか、すぐに仕事に戻るべく部屋を出ていった。

あとに残された桜河は少々引っかかったが、玲夜に話すほどの問題ではないだろうと判断する。

「念のため高道にだけ伝えとくか」

高道も桜河と同じように否定するのは間違いないと思いながら、桜河は仕事に取りかかった。

二章

祖父母宅でのお泊まりを終え、屋敷に帰ってきた柚子を待っていたのは玲夜だ。

普段ならばまだ仕事の時間だというのに、帰ってくる柚子を迎えるため、早めに仕事を切り上げてきたらしい。

その皺寄せがどこへ行くのか気になるところだ。

案の定というか、予想通りというか、仕事は桜河に押しつけてきたと聞いて、柚子は静かに心の中で合掌した。

玲夜の表情を見ても悪いと思っている様子はなく、なおさら桜河への憐《あわ》れみの気持ちが浮かぶ。

「玲夜、いつか桜河さんがストライキ起こすよ」

「安心しろ。桜河にそんな気概はない」

「気概がなきゃいいという問題じゃないと思うんだけど……」

もう少し優しくしてあげてもいい気がするのだが、柚子がなにを言っても『大丈夫』『問題ない』の一点張りだ。

鬼山家は代々鬼龍院当主の側近を務めている。桜河の父親もまた、玲夜の父親である千夜《せんや》の右腕として仕えている。

なので、鬼山家の次の家長となる桜河を信頼しているからこそ厳しい扱いをするのかもしれないと、いいように受け取ることにした。

　肩に乗った子鬼が柚子の耳のそばで「違うよ」とか「使いやすいからだよ」とか言っているが、聞かなかったことにする。

　すると、玲夜から紙袋を渡された。

「土産だ」

「わあ、ありがとう」

　柚子は中身を確認して目を丸くする。

　最近テレビなどでも紹介され、すぐに売り切れてしまうために入手困難とされているスイーツが入っており、驚きつつも表情がほころんだ。

「どうしたの、これ？」

「桜河が持ってきた。俺への退院祝いらしいが、柚子へ渡した方が喜ぶだろうと言ってな」

「確かに嬉しいけど、なおさら申し訳なくなるなあ……」

　柚子の心は複雑だ。

　桜河は高道とは違うところで、なにかと気が利く。見た目や話し方は真面目とは言い難いが、その性格は気遣いの塊のように生真面目で、それゆえになにかと玲夜に面倒事を押しつけられている苦労性である。

　スイーツは嬉しいけれど、桜河にこそスイーツのように甘いご褒美が必要な気がした。

「玲夜、ちゃんと桜河さんに休日あげてね」

「最近は労働環境にうるさいからな。ギリギリ法律は守ってる」

「ギリギリなんだ……」

それでも、ちゃんと守っているなら問題ないだろう。

玲夜ならば無言の圧を与えてサービス残業を普通にさせていそうだったので、少し安堵する柚子だった。

そのままふたりは早めの夕食を取る。

向かい合って座る柚子と玲夜。柚子の横にはまろとみるくがちょこんと礼儀正しく座る。

その目はらんらんと輝いており、柚子の卓に乗っている焼き鮭《さけ》に釘付《くぎづ》けだ。

まろが、欲しいと催促するように柚子の膝をちょんちょんと優しく前足でタッチする。その仕草がまたかわいらしいので、後先考えずにあげたくなってしまうが、ぐっと我慢する。

「だーめ。猫に塩っけがあるものは厳禁なんだから」

そう窘《たしな》めながら、柚子は二匹が霊獣であることを思い出す。

見た目も行動も猫そのものなので忘れがちだが、龍と同じ霊獣であり、普通の生き物ではない。

そもそも初代鬼の花嫁だったサクとつながりがあるようなので、相当な年月を生きていると予想された。

「えっと……駄目だよね、玲夜？」

柚子は自分では判断できなくなり玲夜に問うが、玲夜も難しい顔をした。

「さあな。そもそも霊獣は普通の猫ではないだろう。食べ物ぐらいで体調を崩すような弱い生き物ではない。そこらのあやかしより強いんだからな」

「神様も眷属《けんぞく》だとか言ってた」

神の眷属がどういう存在か知識の乏しい柚子には分からなかったが、少なくとも塩をまぶしている焼き鮭を食べてどうにかなるとは思えない。

龍がまだ一龍斎《いちりゅうさい》に囚われていて襲ってきた時、あやかし最強と次点の霊力を持つ千夜と玲夜の攻撃を跳ね返すほどの力を見せた。

そんな強い龍と同じ霊獣であり、さらには龍を一龍斎の呪縛から救ったのもまろとみるくであることを考えると、鬼より強い可能性がある。

「うーん」

柚子は悩みつつ、いまだにちょんちょんと手を差し伸べるまろを見つめた。

するとトコトコと子鬼がやってくる。

「大丈夫だってー」

「龍もたくさんごはん食べてるから」

「それもそっか」

ごはんどころかアルコール度数の高いお酒を瓶でラッパ飲みしているぐらいだ。

龍と比べたら、二匹に焼き鮭を与えるぐらいは常識の範疇かと思えるのだから、ずいぶんと自分は世間の常識からかけ離れた生活をしているなと柚子は遠い目になった。

「じゃあ、ちょっとだけね」

「アオーン」

「にゃんにゃん！」

みるくが自分もと主張するように鳴く。

まろにあげようと少しだけ箸で切り分けて手のひらに乗せた焼き鮭を、みるくが横から奪い去った。

がーんとショックを受けるまろに、柚子が慌ててまろの分を再度手のひらに乗せて与えると、嬉しそうに食らいついている。

「本当に大丈夫かなぁ」

「大丈夫ー」

「普通のにゃんこは駄目だけど、まろとみるくだから問題ないよー」

「子鬼ちゃんたちがそう言うなら……」

　恐らく龍以外で誰よりまろとみるくという存在を把握しているのは子鬼だと柚子は思っている。なので、子鬼たちから伝えられる言葉への信頼は大きい。

「柚子、そんなことをしていたら自分のがなくなるぞ」

　なんとも美味しそうに食べているまろとみるくを見るのに夢中になっていた柚子に、玲夜があきれたように声をかけてくる。

　はっとした柚子は、三分の二ほどの大きさになった焼き鮭を慌てて食べ始めた。

　このままでは二匹に食べ尽くされてしまう。

　一生懸命口を動かす柚子を、玲夜は愛おしげな眼差しで見つめている。

　それは本能をなくす前と変わらぬ優しい目。

　柚子はそんな玲夜の様子に静かに安堵するのだった。

　玲夜は変わっていない。本能がなくとも心はつながっているのだと感じられ、柚子には自然と小さな笑みが浮かぶ。

「玲夜はしばらく忙しそう？」

「残念だがな。まあ、いつも通りだ」

　つまり忙しいと言っているようなものだ。

大会社のトップに立つ玲夜が暇なはずがない。

そんな中でも柚子といられる時間を少しでも長く作ろうと努力してくれている。それは高道や桜河といった周りの協力もあってこそだ。

柚子と出会う前は仕事第一の生活だったというのだから、柚子には信じられない。

柚子の知る玲夜は仕事嫌いで、休めるものなら休みたいと言わんばかりに面倒臭そうな空気を発しているのだから。

いや、実際に『仕事に行きたくない』と言葉にしていることも多々あり、迎えに来た高道に促されてしぶしぶ出社の準備を始めるなんてことも時折起る。

仕事に行きたくないと駄々をこね、拗ねる玲夜をかわいいと思うのは柚子ぐらいだろう。

そもそもそんな行動も、柚子という唯一無二の存在ができたからこそ生まれた気持ち。今の玲夜は、仕事などより柚子との時間の方がずっとずっと大事なのだ。

「柚子も来週から学校か」

「うん！」

楽しみだと明るく返事をする柚子に対し、玲夜の表情は険しい。行かせたくないと言いたいのだろうが必死に我慢しているようだ。

口よりも雄弁に語るその眼差しに、柚子も苦笑する。

「一年だけだからね。あ、もう夏休みが終わるからあと三分の二ぐらいかな」

玲夜を説得するために何度口にしたか覚えていない言葉。

「分かってる……」

そう言って柚子の願いを否定はしないが、決して納得はしていないという顔だ。

けれど、こればかりは柚子も譲れない。

「『かくりよ学園』ではできなかった友達もできたの。それだけでもあの学校に通えて嬉しいし、行くのが楽しみなのよ。だから学校に行くのを許してくれてありがとう、玲夜」

入学してすぐ話しかけてくれて仲よくなった片桐澪《かたぎりみお》。

そして、最初は険悪な空気でにらまれ続けていたが、のちに仲よくなれた鳴海芽衣《なるみめい》。

芽衣に関しては少々ツンデレなところがあるようで、素直に友達と言うのは恥ずかしそうだ。

けれど、鬼龍院の花嫁と知ってなお普通に接してくれるふたりに出会えたのは、奇跡のような巡り合わせだったのではないかと柚子は思っている。

それと同時に湧く、柚子の我儘《わがまま》を許してくれた玲夜への感謝。

「柚子が幸せだと感じるなら、俺はそれでいい」

やれやれという、どこかあきらめたような玲夜の笑みに、柚子も笑い返した。

自分ほど恵まれた人間はいないのではないかとすら思うほど、柚子は今の環境に満足しているとともに、周囲への人たちに感謝していた。

「うん。幸せ！」

そして日は経ち、学校が始まる。

「よし、今日からまた頑張るぞ」

一年で卒業の料理学校へ通うのは、もう残り数カ月となっている。それまでに可能な限りの知識を身につけなければと、柚子はやる気に満ちあふれていた。

「あーい」

「やー」

なぜか子鬼も気合い十分だ。

『作ったものは我が食べてしんぜよう』

カッカッカッと笑う龍のなんと恩着せがましいことか。

しかし、実習でたくさん料理を作るのは避けようがない。食べて味見するのは当然の流れだが、全部食べていると正直太る。

柚子も料理学校に通い始めてから少々体重が気になり始めていた。

そんな話を玲夜にしたところで重く受け止めてくれないと確信できるのは、喜ぶべきことなのか悲しむべきことなのか分からない。

きっと玲夜なら、『どんな姿の柚子でも愛している』などと甘く囁《ささや》き、実際に体重が増えたぐらいで愛情が変わりはしないと信じている。

かといって、玲夜の優しさに甘えるわけにはいかない。

ただでさえ美しい玲夜の隣に立つのだから、最低限の肉体管理は行っておきたいと思う柚子の危機感はかなりのものだ。

柚子ではない生徒も、このままではヤバいと感じている学生は少なくない。

気にしているのは特に女性が多く、柚子が味見を終えたものを龍に食べさせているのを見た芽衣が、そっと近付いてきて龍にコソコソと話しかけてから食べさせているのを柚子は見ないふりをしていた。

いったい龍の小さな体のどこに消えていくのか不思議でならないが、学校へ行く際に龍の存在は必要不可欠となっていた。

芽衣からも必ず連れてこいという圧がかけられているので連れていかないわけにはいかない。

芽衣からだけでなく、他にも何人かから残り物をもらっているようなので、龍を連れていかないとがっかりする者は結構いそうだ。

ただ、柚子に対して悪意を持っている、あるいは持っていた者に対しては龍も冷たい態度で、どんなに美味しそうな料理を持ってこられても子鬼とともに追い返している。

別に柚子は気にしていないのだが、龍としては柚子に悪意を持った時点で敵認定しており、そんな者の手作りの品など不快で食えたものではないという考えのようだ。

だからこそ、龍は芽衣に対しても少々素っ気ないところがある。

芽衣がこれまで柚子にしてきた敵意ある態度は、あっさりと許せるものではないと思っているのがうかがえる。

ただ、柚子が仲よくしたがっているので、表向きは友好的に接しているだけという感じだ。本当の意味では気を許していないのが柚子にも伝わってくる。

けれど、今は表向きだとしても険悪な空気でないなら柚子は十分であり、龍や子鬼たちに、芽衣の見る目を変えろなど強制はできない。

いずれ時間がなんとかしてくれると期待するだけだ。

コックコートに着替えた柚子が教室に入り席へ着くと、すぐに芽衣が寄ってくる。

澪はまだ来ていない。

澪は芽衣と相性が悪いようで、お互い顔を合わせるとバチバチと見えない火花を散らすので、まだ登校していないのは助かった。

「あのさ、ちょっといい？」

「うん、いいけど？」

「なんていうか、すごく言いづらいんだけど……」

その顔はどこか気まずそうで、表情が優れない。

「どうかした？　まさか、鎌崎《かまざき》がまたなにか――」

「ち、違う違う！　あいつはあれから来てないわ」

芽衣は手を振り慌てて否定する。

芽衣を花嫁だと言って付きまとっていた、かまいたちのあやかしの鎌崎。

彼は執拗《しつよう》に芽衣を狙い、手に入れるために手段を選ばず嫌がらせを繰り返していたが、穂香によって神器で刺されて以降、花嫁への執着心を本能とともに失い、芽衣への興味をなくしていた。

芽衣の気の強さが表れた雰囲気が消えて暗く落ち込んでいるようにも見えたので、てっきりなにか起きたのかと心配した柚子だったが、早とちりだったようでほっとする。

「それならいいけど、なにかあったの？」

「うん……」

芽衣は視線をさまよわせて、なかなか話し始めない。

よほどのことかと身構える柚子は根気よく待った。

自分で力になれるような案件だろうかと考えていたところで、ようやく芽衣が口を開く。

「鬼龍院さんなんだけどさ、あんた浮気されたりしてない？」

「……え？」

たっぷり時間を終えて柚子から出たのは、素っ頓狂な声だった。

「あ、それかよく似た親戚とかいないの？　そっちの方が可能性高いかも！　うん、きっとそうよ」

はっとして表情をやや明るくする芽衣の声には、そうあってほしいという願望が含まれているように思えた。

「え、なに？　どういうこと？」

目の前で会話をしていて、玲夜が浮気をしていないかという先ほどの言葉を聞き逃すはずがない。

最初こそ高道との仲を疑ったりいろいろとあったが、結婚して以降は疑ったこともない内容だったので柚子は混乱する。

「玲夜が浮気？」

その言葉がグルグルと柚子の頭の中を回っていたが、脳が理解することを拒否するように意味が分からない。

『ぬはははっ！　あやつめ、とうとうやりおったか！　うぐっ……』

どこか嬉しそうにしている龍を柚子はにらんでから、胴体をむぎゅっと両手で掴《つか》んで黙らせると、芽衣に先を促した。

「どうして？　なにかあったの？」

浮気を疑ったなにかがあったはずだと、柚子は問う。

「あったっていうか、見ちゃったっていうか……」

芽衣は気まずそうに視線をさまよわせてから、意を決したように話しだす。

「私もちゃんと近くで見たわけじゃないからね！　見間違えだと思うから！　絶対そうだろうし」

芽衣は力強い声で念を押す。

「うん」

柚子が頷いたのを見て、真剣な顔で話した。

「昨日なんだけど、夕方頃に町へ出かけてた時に鬼龍院さんによく似た人が女の人と歩いてたのよ」

「女の人と歩くぐらい普通にあるんじゃない？」

昨日は仕事だったはずだと柚子は玲夜のスケジュールを思い起こす。

いつものように高道が迎えに来ていたので間違いないはずだ。

だとすると、仕事関係での付き合いでそういう状況になっていてもなんらおかしくはない。

女性とふたりきりだとしても、町を歩いていたぐらいで浮気だと騒ぐほど柚子は狭量ではないつもりだ。

もちろん、実際に目にしたら多少のやきもちは焼いてしまうかもしれないが、それで怒ったりはしない。ただ、逆の立場だったら間違いなく玲夜は怒るだろうなと思うと、少々理不尽さを感じる。

そんな玲夜が浮気……。

柚子もこれまでいろんな問題を乗り越えてきて心が強くなったと自覚しているので、にわかには信じられない。

仕事相手の可能性を示唆するも、芽衣の表情は晴れなかった。

「そりゃ、ただ歩いてただけなら私もこんなこと言わないけど、そのふたり、腕を組んで歩いてたのよ。しかも人目をはばからずいちゃついて、キキ、キスとか……」

芽衣は少々恥ずかしそうにしながら説明する。

「しかも、そのままホテルに入っていっちゃうんだもん。さすがに部屋まで追いかけられなかったけど……」

「うん、それは追いかけちゃ駄目だって」

「分かってるわよ。あんたと違ってそこまで考えなしじゃないわ！」

「私と違ってって……」

　玲夜の浮気疑惑より、地味にそっちの方が傷つく柚子である。しかし、覚えはありあまるほどあるので否定ができないのが悲しい。

『確かに柚子は考えなしのところがある』

「あいあい」

「あい」

　この時ばかりは柚子の味方であるはずの子鬼たちも龍も、芽衣に激しく同意するように頷いていた。

　ショックを受ける柚子だが、今は横に置いて話を元に戻す。

「それって本当に玲夜だったの？　人違いじゃなくて？」

「あんな美形がそうそういてたまるかっての！　長身でスタイルもよくて、目だって赤くて、黒髪で……でも、髪が少し長かったような……？　いや、そんなのウィッグでなんとかなるか。だけど、ちょっと鬼龍院さんより年齢高そうだった気がしなくもないかも……？」

　最初こそ自信満々だった芽衣も、だんだんと確信を持てなくなってきたらしく言葉に迷いが出てくる。

「あー、でもそうよね。かなり親密な様子だったから浮気を疑ったんだけど、よく考えると花嫁のいるあやかしが裏切って浮気なんてするはずなかったわ。少し冷静になれば気がついたのに」

芽衣はそう反省しながら頭を押さえている。

「心配して損したー。きっと親戚かなにかよね。世の中には三人同じ顔の人がいるって言うし。まあ、あんな顔が三人もいたら大騒ぎでしょうけど」

肩の荷が下りたように安堵の表情を浮かべる芽衣は、玲夜の浮気疑惑をあっさりと撤回した。

だが、柚子はその心を映したように複雑そうな顔だ。それは、玲夜にはもうあやかしの本能がないと知っているからである。

玲夜はなにひとつ柚子に囚われていない。芽衣はそれを知らない上に、あやかしの本能を身をもって知っているからこそ導き出した結論にひとり納得している。

「一応写真は撮っておいたのに無駄になったわね。最悪、離婚訴訟になった時の証拠になるかと思ったんだけど」

「え、写真撮ったの？」

「うん。だってあの鬼龍院の次期当主相手に有利に戦うには、物的証拠が必要でしょう？　あっちは有能な弁護士とか出してきそうだし」

なんと準備がよいのか。

玲夜と思われる者が柚子ではない女性と親しげに歩いている場面に遭遇して驚きが大きかっただろうに、すぐに証拠を残そうと考え行動できるのが素晴らしい。

その行動には柚子を心配するがゆえの使命感が含まれていたのかもしれない。

だが、当然のように離婚一択だろうと考えられていたことについては、少々複雑である。

「その写真にはちゃんと顔が写ってるの？」

「見る？」

「うん」

柚子が迷わず返事をすると、芽衣はスマホを鞄から取り出した。

どれほど似ているのかという興味が心を占める。

まさか玲夜が……などという気持ちはほとんどなく、玲夜が浮気をしているとは柚子は微塵《みじん》も思っていなかった。

その自信はこれまで培ってきた信頼ゆえだ。昔の柚子だったなら、きっと芽衣の言葉を鵜呑《うの》みにしていただろう。

「ほら、これよ」

玲夜をまったく疑っていない柚子だが、芽衣から見せられた画像に写っていた人物はどこからどう見ても玲夜で、子鬼も驚いて目をまん丸にしている。

「あいー」

「あいー」

「玲夜?」

「うん、玲夜」

お互いに確認し合いながら呆気《あっけ》にとられる子鬼の隣で、龍が怒りだす。

『あやつめ、やっぱり浮気しておるではないかぁぁ!』

先ほどまでは状況を楽しんでいた龍は体をくねらせながら憤慨する。

動きの激しさに、龍を掴んでいた柚子は手を離してしまう。

ぼちゃっと机の上に落ちた龍は『ぎゃんっ』と変な声を出した。

思わぬ衝撃を体に受けた龍は一瞬気が削がれたようだが、顔を上げて画像が映っているスマホの画面に近付く。

『間違いなくあやつではないか!』

「なんかSNSでも少しざわついてたのよね。鬼の次期当主ってだけじゃなく、政治経済にも影響のある大会社の社長で、あの容姿だから、鬼龍院さんはメディアにはほぼ出ないけど知ってる人は知ってるし。そんな有名人が女といちゃいちゃしながら町中を歩いてたら、そりゃあねえ」

たとえ知らずとも人目を引いただろうと思えるほどの美しい容姿は、人間にはない雰囲気を醸し出している。

芽衣は柚子を気にしながらも、さらに自らが調べた情報を伝えた。

「SNSで探してみると、どうやら私が見た日だけじゃなくて、最近いろんなところに出没してるっぽいのよ。そのたびに違う女性連れてるって話で……」

芽衣は他の人が隠し撮りしたと思われるSNSの投稿写真を見せた。

画像はひとつだけではなく、別々の日にそれぞれ違う女性を連れていた。

『うぬぬぬぬ！』

親の仇《かたき》を見るような眼差しの龍は、まるで恋人同士のように親しげに腕を組む女性に寄り添う玲夜に怒りを溜《た》め込んでいる。

『これはもうあの方にチクって鬼龍院ごと木端《こっぱ》微塵に吹き飛ばしてくれようぞ！』

「馬鹿なこと言わないの」

べしんと、まろが猫パンチをするように柚子が龍の頭を軽くはたくと、蛙《かえる》が潰れたような姿で机に倒れる。

しかし、すぐに起き上がり、恨めしげな目を柚子へと向けた。

『なにをするのだ、柚子。浮気をされたのだぞ。どうしてそんなに冷静なのだ⁉ もっと怒ってよいのだぞ！　我が必ず仇を取ってやる。もちろん童子たちも手伝うであろう?』

「あーぃ!」

「やー!」

龍に感化されてやる気をみなぎらせている子鬼たちは、玲夜に向けてか見えない敵に対するようにシュシュッとパンチを打っている。

元の主人にそんな態度で大丈夫なのかと心配になってくる子鬼の行動だ。

しかし、玲夜は特に気にしなさそうではある。

まさに『柚子を守る会』を発足しようとしている龍と子鬼たちを困ったような顔で見る柚子は、再度画面へと目を向けた。

そして、玲夜とのわずかな違いに確信を持つと同時に、玲夜の浮気と聞いてもまったく揺れなかった自分の心に成長を感じる。

いや、小指の先程度には心がざわついてしまったものの、それだけだ。

昔の柚子だったならこれほど平静ではいられなかっただろう。そう考えると、玲夜との深いつながりを感じて柚子も嬉しくなる。

「これは玲夜じゃない」

一ミリの揺らぎもない柚子の力強い言葉に、うにょうにょとしながら怒り心頭状態だった龍がぴたりと止まる。

『あやつではない？』

「うん、玲夜とは全然違うもの」

柚子はまたもや断言する。

それは龍が驚くほど自信を持った声で、さっきまでの龍の怒りをどこかに吹き飛ばしてしまうほど毅然《きぜん》としていた。

画面にいる人物は確かに玲夜にそっくりだったが、毎日そばにいる柚子にはそれが玲夜でないのは一目瞭然だ。

『どうしてそんなことが言えるのだ？　柚子がそう思いたくないだけではないのか？』

龍はどうしても玲夜を浮気男にしたいらしい。

どこかふてくされたような龍に、柚子はあきれ顔だ。

「逆にどうして見分けがつかないの？　玲夜と全然違うじゃない」

「んー？」

「あいー？」

子鬼はもう一度じっくりと画面を見て首をかしげている。

ふたりそろってだとなお愛らしく見える仕草をする子鬼は、言われてみればそんな気もしなくもないかも……という表情だ。

けれど、柚子のように断言できるほどではない様子。

「まったく、子鬼ちゃんたら。玲夜が聞いたら泣いちゃうよ」

「あいあい」

「あいー」

玲夜が泣くなんてあり得ないと、きっぱり否定するように顔を横に振った。

「玲夜は子鬼ちゃんたちからどう思われてるんだろ……」

玲夜に懐いてはいるが、決して善人だとは思われていない気がしてならない。

とはいえ、柚子も玲夜がそう簡単に泣く姿は想像できないので、それ以上のツッコミを入れたりはしなかった。

ただ、少なくとも玲夜の浮気疑惑は芽衣の間違いであると思えたことには素直に安堵した。

龍はまだ疑惑の目つきだが、柚子が玲夜を信じているのだから問題はない。きっと玲夜もそうだろう。柚子以外の他人の目など気にしない人だから。

しかし、これほど玲夜に似ている人物はとても他人とは思えなかった。芽衣が親戚かと聞いてくるのも頷ける。

「鬼の一族にこんな人いたかな？」

玲夜に見間違うほどの鬼がいたなら、自分がまったく知らないはずはないだろうと柚子は思った。

くない。

桜子や沙良《さら》、もしくは屋敷の使用人から噂《うわさ》のひとつぐらいは聞いていてもおかしくない。

だが、なんらかの理由で教えられていない可能性も捨てきれない。柚子も、鬼の一族全員と会ったことがあるわけではないのだ。

柚子と玲夜の結婚式にすら参加していない鬼の一族も一部存在する。高道の祖父である天道を筆頭にした先代当主の側近たちだ。

欠席したのは比較的年配に偏っていたが、あやかしは人間に比べると見た目で年齢が分かりづらい。なにせ、玲夜の親にもかかわらず、息子より若く見える千夜と沙良という例がいるのだから。

撫子《なでしこ》とてそれは同じ。玲夜と同年代の息子がいるような年齢にはまったく見えないので、見た目で年齢を計ろうとするのは無謀である。

「私が知らない親戚とかいるのかな？」

考えを巡らせている時、ふと柚子の頭をあることがよぎり、はっとした。

神器を穂香に渡したという玲夜に似た人だ。画像の人物はまさしく玲夜に似ている。

「まさか……」

可能性が高いのではないかと思いつつも、柚子ひとりで判断できる問題ではなかった。

「芽衣、その画像、私の携帯に送ってくれる？」

「いいわよ」

芽衣は柚子が否定したことで、先ほどまで浮かべていた不安そうな表情も消えていた。

芽衣が携帯を操作して柚子の携帯に画像が届くと、柚子はそれを玲夜の携帯に転送する。

すぐに既読がついたのを見る柚子は少々複雑だ。

あいかわらず、柚子の送るメッセージとなると反応が早い。

千夜などは『玲夜君がすぐに返事してくれないんだよ～』と嘆いていたりするのに、柚子との対応の差があからさますぎる。

ちゃんと仕事に集中しているのだろうかと心配になる。

そして、すぐに電話がかかってきた。

「もしもし、玲夜？」

『どうしたんだ、突然こんな画像を送ってきて』

柚子は芽衣が見た玲夜に似た人物の話と、ＳＮＳで調べた話を伝えた。

『その件か』

玲夜は特に驚いた様子はなかった。

「玲夜は知ってたの？」

『知っていたというか、軽く報告を受けた程度だな。高道がなにか言っていた気がするが、俺が浮気するはずがないと俺の周囲の者はちゃんと分かっているから大した問題にはなっていない。まさか柚子は疑ったりしていないだろうな？』

わずかに声が低くなった気がして柚子はひやりとする。とばっちりを受けかねないと、慌てて否定した。

「してないよ！　画像見たらそれが玲夜じゃないことはすぐに分かったもの」

『それならいい』

途端に声が優しくなって柚子はほっと息をつく。

ここで『疑いました』などと言ったら、お叱りコースに間違いなく突入してしまう。

柚子はなにひとつ疑わなかったのだから、胸を張って改めて否定しておく。

「ほんとに玲夜を疑ったりしてないからね。子鬼ちゃんたちは疑ってたけど……」

「あいっ！」

「あい!?」

ついポロリとこぼしてしまった言葉に、柚子に裏切られた子鬼ふたりが焦った顔をする。

けれど事実なのだから仕方ない。

「あと、龍も」

『帰ったら尻尾に煮干しをくりつけて猫たちの前に放り込んでやろう』

まろとみるくが恐ろしい眼光で龍を追いかけ回すのが目に浮かぶようだ。

「だって」

柚子が龍に目を向けると、玲夜の声が漏れて聞こえていたのか、激しく机が揺れるほど体を震わせて動揺している。

『なんだと！　貴様鬼か！』

「いや、鬼でしょう」

電話の向こうにいる玲夜に吠《ほ》える龍だが、即座に柚子はツッコんだ。それについては誰も否定しようがない。鬼のあやかしで間違いないのだから。

『ぐぉぉぉ』

体をうにょうにょさせて悶《もだ》える龍を放置して、柚子は玲夜との話を再開させる。

「穂香様が言ってた、神器を渡した玲夜に似た人の話、覚えてる？」

『ああ』

玲夜の声色が真剣なものへと変わった。

「関係あったりする？」

『今、高道が調査中だ。本当は少し前に桜河の秘書が町中で見かけていたらしいんだが、桜河は神器を持っていた者のことをすっかり忘れていて、秘書の話を軽く考えた結果、頭の隅に追いやって高道に報告し忘れていたんだ。その件をようやく思い出して慌てて報告に来たことで、やっと数日前に知ったところだ。まったくあいつときたら……』

若干桜河の名前を呼ぶ時に険がある気がして、柚子は桜河の身が心配になった。

玲夜の表情は直接見えないというのに、なんとなく想像ができるところが玲夜と共有した時間を感じさせる。

恐らく魔王が降臨しかかっている。

柚子は心の中で『桜河さん逃げてー』と叫んだが、本人に聞こえるはずもない。

それに、玲夜のところまで話がいっているなら、すでにお仕置きを受けた後かもしれないので、たとえ柚子の声が伝わったとしても遅いだろう。

「SNSにもいくつか画像が投稿されているから、穂香様に直接確認してもらうのがいいと思うんだけど協力してくれるかな?」

『父さんと母さんにはすでに伝えている。まあ、基本的にあの女に関しては母さんの管理下にいるから、母さんがなんとかしてくれるはずだ。せっかく置いてやっているんだ。情報提供ぐらい役に立ってもらわないとな』

穂香について話す声が低くなっている。

神器で刺されたのだから、玲夜が穂香に対していい印象を持っていないのは仕方がない。

夫にも玲夜にも神器を突き立てあやかしの本能を奪った穂香は、今沙良のもとで働いている。

穂香への罰という名目ではあるが、撫子とともに花茶会の主催者をしている沙良は、穂香の犯した行いにわずかながら罪悪感を抱いている様子だった。

そこまで追いつめられていたのに助けてあげられなかったと。

もちろん悪いのは穂香であり、沙良はむしろ最大限の手を尽くして花茶会という花嫁の逃げ場を作ってあげていた功労者だ。

それでも責任を感じて放っておけず、あやかしの本能をなくして離婚となり、行き場のなくなった穂香を受け入れた。

ずっと花嫁として働くこともなく生きてきた穂香には大変な毎日だろうが、与えられた仕事に文句も言わず従事しているらしい。

そんな穂香に心を配る沙良の言葉なら穂香も素直に協力してくれるはずだと柚子も思った。

「そっか。じゃあ、私がなにかすると逆に邪魔しちゃいそうだから大人しくしてるね」

『今回に限らず、今後も大人しくしてくれると俺は安心なんだがな』

玲夜の声には切実さが込められていて、柚子はクスクスと笑った。

玲夜との電話を切った柚子は芽衣に目を向ける。

「やっぱり玲夜じゃないみたい。心配してくれてありがとう、芽衣」

「別に心配なんてしてないわよっ」

顔を赤くしてぷいっとそっぽを向く。

一見すると怒っているようにも見えるが、芽衣がただ恥ずかしさを隠すために口調が強くなってしまっているだけなのだと、仲よくなって察することができるようになった。

いわゆるツンデレというやつで、これまで柚子の周りにはいなかったタイプの子だからか、柚子も新鮮な気持ちである。

芽衣からしたら不本意この上ないのだろうが、柚子にはその様子が微笑ましくてならなかった。

そんなニコニコとしている柚子の様子が恥ずかしいのか気に食わないのか、顔をわずかに赤くしながら文句を言うように口を開く。

「あやかしが花嫁を捨てるなんてあり得ないし、心配なんてしてないから！」

途端に柚子は切なげに視線を落とす。

それまで不機嫌そうだった芽衣もこれにはすぐに気がついた。

「なんかあったの？」

「……うん」

柚子は一瞬伝えるべきか迷ったが、よくよく考えると芽衣も関係のない話ではなかった。

「ここだけの話にしてね」

「分かったけど、なに？」

「あれだけ芽衣に執着していた鎌崎が突然花嫁じゃなかったって、態度を急変してきたことあったでしょう？」

「ええ、そうね」

不快そうに芽衣の眉間に皺が寄った。思い出すだけでも怒りが込み上げてきているのだろう。

「お父さんの店にもひどい嫌がらせをしてまで私を手に入れようと、さんざん振り回してくれたわよね。それなのに、なにもなかったかのようにあっさり引くんだもの。ほんと、なにがしたかったんだか」

その嫌悪感いっぱいの表情から、いかに芽衣が鎌崎を嫌っているかが分かり、柚子は苦笑する。

「実はその理由が分かったのよ。詳細は話せないんだけど、あやかしの本能を絶って花嫁と認識できなくする方法があったの」

「そうなの!?」

気持ちいいほどの反応を見せる芽衣に、柚子は頷く。

「どうやらその方法によって鎌崎が芽衣を花嫁と認識しなくなったおかげで、芽衣への興味を失ったみたい。だから、今後鎌崎が芽衣に花嫁になるよう要求するために近付いてくることはないと思うから安心して」

「そうなんだ」

ほっと安堵の表情を浮かべる芽衣の様子を見るに、いまだにどこかでまた鎌崎が接触してくるのではと不安だったのではないか。

早く教えてあげればよかったと、柚子は申し訳なく感じる。

しかし、一部の者しか知らない神器の存在を芽衣に教えるのはやめておいた方がいいと判断した。

あやかしとは関わりのない世界で生きることを選んだ芽衣には必要のない情報だと柚子は思ったのだ。

「ざっくりした説明になっちゃってごめんね。よく分からないよね。でも、聞かない方がいいでしょう?」

「そうね。もう鎌崎が近付いてこない確信があるなら、その方法がどうだろうと関係ないし、下手に首を突っ込むつもりもないわ。あやかしの世界の話に巻き込まれたくないもの。めんどくさい」

どストレートな言葉に、柚子も苦笑いを浮かべる。

飾るつもりは皆無のようだ。それだけ鎌崎には苦労させられてきたということなのだろう。いや、苦労という言葉で済ませられないほど苦しめられた。

関わりたくないという気持ちが先に立つ芽衣の気持ちを、柚子は尊重する。

「またあいつが気まぐれを起こして会いにこないか両親も警戒してたから、それを聞けただけで安心できるから十分よ」

「もし関わってきた時は対処するから、また私に相談して。といっても、対処をするのは玲夜なんだけどね」

柚子は己の無力さに情けなくなり、眉尻を下げる。

玲夜の庇護《ひご》がなければなにもできないと言っているようなものだ。玲夜という虎の威を借る柚子が、得意げになって『助ける』と口にしていいものではない。

けれど、そんな他力本願であっても芽衣の力になりたいと柚子が思うのは、芽衣自身が柚子のバックについている鬼龍院のネームバリューを利用しようとしてこないからだろう。

かくりよ学園に通っていた頃はずいぶんと欲の孕《はら》んだ目で見られていたので、柚子もうんざりしているところがあったのかもしれない。

媚《こ》びられるのが嫌などと、それは柚子の力ではないというのにずいぶんと傲慢である。

柚子は驕《おご》り高ぶった自分の心を律するように、ペチペチと軽く自身の頬を叩《たた》いた。

それから少しの間関係ない雑談をしていると、澪がようやく教室内に入ってきた。

教室の壁にかけられている時計を確認してほっとした顔をしている。

いつもは時間に余裕を持って動いている澪には珍しく、遅刻ギリギリの登校だ。

「おはよう、柚子」

「おはよう。今日は遅かったね」

「うん、まあ……」

すると、澪と芽衣の視線が交差する。

その瞬間、見えぬ火花が散った……気がした。途端に芽衣の目付きが鋭くなり、澪も険しい顔をする。

「なに？　また柚子に因縁つけてるの？」

「目が悪いの？　こんなに仲よく話してるのに、それが分からないなんて眼鏡した方がいいんじゃない？」

作り笑顔で応酬するふたり。やはり当初の印象が悪すぎるのが今も尾を引いていて、顔を合わせるたびに険悪な空気になってしまう。

柚子としてはやっとできた友人ふたりにも仲よくしてほしいのだが、どうやら相性は最悪のようだ。

「あの、落ち着いて、ふたりとも……」

困りきった顔で柚子が間に立つ。

「そ、それより、澪は寝坊でもしたの？」

どうにか話を変えようと柚子も必死である。

「あー、まあ、そんなとこ」

曖昧な澪の返事にはあまり深く追及してほしくないという思いが透けて見えた。

そんな中に割り込む芽衣の声。

「夏休み明け初日に寝坊だなんて、たるんでる証拠じゃない？　一年しかないのに卒業する気あるの？」

「はあ!?　私に言ってるの？」

「他に誰がいるっていうの？　あぁ、もしかしてそういう霊的なの見える人？　それなら仕方ないわね」

「あんた、喧嘩《けんか》売ってるわけ!?」

芽衣の嫌みを聞いて今にも飛びかかっていきそうな澪の剣幕に、柚子もヒヤヒヤする。

「まあまあ、ふたりとも落ち着いて」

柚子が間に入って試行錯誤しながら場を和ませようと努力はするのだが、その努力がこれまで実ったことはない。

龍からも『あれはもう修復不可だな』と言われる始末。

どうにか空気の悪さが和らげばいいのだが、悪化することはあれど、よくなる様子は今のところない。

柚子は澪の気持ちも分からないでもないのだ。

当初の芽衣の態度はかなりひどく、あれだけ突っかかってきておいて、今は何事もなかったかのように柚子と仲よくおしゃべりをしている。

柚子の間に入って守ろうとしてくれていた澪だからこそ、気に食わないのだろう。

柚子から見た澪はとても正義感が強い子のように思う。

なにせ、学校でぼっちの柚子に話しかけてくれた人だ。芽衣の嫌みからも何度も庇《かば》ってくれた。

しかし、芽衣も鎌崎の一件などの問題を抱えていて、心に余裕がなかったのを柚子は知っている。

柚子は花嫁に選ばれた者の苦悩を多少なりとも分かっていたので、芽衣への怒りはほとんどない。

なぜなのか自分自身に疑問と困惑はあったが、理由に思い当たればすぐに納得した。

何人もの花嫁と出会い、その大変さを身をもって知っているからこそである。

けれど、事情を知らない澪に理解できるはずもなく、どうしてそれほど簡単に仲よくなっているのかと、澪は芽衣だけでなく柚子に対しても怒りを感じているのかもしれない。

実際に澪が口にしたわけではないので、柚子の想像でしかないのだが。

ただ、少なくとも芽衣にはかなり怒っている。

「この間まで、あれほど柚子に突っかかっておきながら仲よくだなんてよく言えるわね。面の皮が厚いったらないわ」

「そんな大昔のことまだ言ってるの？　情報は常に更新しておかないと、世間から取り残されるわよ」

「ついこの間のことじゃない！　半年も経ってないわよ！」

どう間に割って入ったものかと柚子がおろおろしていると、ちょうど講師が入ってきた。

それにより口喧嘩は強制終了となり、柚子はほっと息をつく。

また口喧嘩は繰り返されるだろうと考えると困り果ててしまうけれど、対処方法が思いつかない。

柚子の他にも間に入ってくれる人がいるといいのだが、相変わらず柚子は芽衣と澪以外の生徒から遠巻きにされている。それどころか陰口は増える一方だ。

特になにかしたわけでもないので理不尽に感じてしまうが、陰口を叩くような人たちになにを言っても響かないだろう。無視をするのが一番だという結論に至る。

どうせ、残り一年と経たず顔を合わせる機会もなくなってしまう他人なのだ。

芽衣と澪とはこれから先も付き合っていきたいが、他の人とは関わりたいと思わない。

「透子にも会わせたいなぁ」

芽衣の方はどんな化学反応が起こるか不明だが、きっと透子と澪は相性抜群だと柚子は感じている。姉御気質な性格がよく似ているので、話が弾みそうである。

けれど今は少しでも早く料理の知識をつけようと、勉強に勤しむ柚子だった。

三章

学校の授業が始まってから最初の週末。

柚子は玲夜とパーティーに玲夜のパートナーとして出席することになった。

今回はかなり規模の大きなパーティーらしく、たくさんのあやかしが集まってくるようだ。

これまでパーティーはいくつも参加してきて、ようやく上流階級の人たちの華麗なる雰囲気にも慣れてきてはいるが、だからといってまったく気後れしないわけではない。

むしろ玲夜と正式に夫婦となってからは、より一層柚子へ向けられる視線は強くなっている。

鬼龍院の次期当主の伴侶としてふさわしいのかと見定めるような視線が、四方から集まるのだ。決して気が強いとは言い切れない性格の柚子が、桜子のように堂々と振る舞えるはずもなく……。

しかし、玲夜に恥をかかせるわけにはいかないと、かくりよ学園で散々勉強したマナーを思い出すが、頭を駆け巡るだけでまとまってはくれない。

それでもパニック状態になっているのを悟らせないように、話しかけてくる人たちに笑みを浮かべて対応できる程度には成長している。

玲夜のフォローもあってそれなりにこなせていたが、笑顔も作り続けていると疲れはやってくる。途切れない人の波に、もう勘弁してくれと思っていると……。

「柚子、あちらで少し休もう」

まるで柚子の心を読んだようなタイミングで玲夜は柚子の腰を引き寄せて、食事のあるスペースに連れ出す。他にもまだ玲夜と話をしたそうにしている人はたくさんいたが、それがどうしたと言わんばかりに玲夜は周囲の人を視界から追いやった。

「玲夜、いいの？」

柚子としては休憩できて嬉しいが、玲夜が困らないのかが心配だった。

「俺がなにより優先するのは柚子だ。柚子以上に大事なものはない。それにどうせ媚びるためだけの上っ面の会話だ。さして重要な話をするわけではないしな」

などと、表情を変えることなく傲慢にも思える言葉をさらっと口にするので、柚子はぎょっとする。

玲夜らしいと言えば玲夜らしいが、あまりにも周りを気にしなさすぎて柚子は周囲の人たちの顔色をうかがう。

今の玲夜の言葉が聞こえた者がちらほらいるようだ。なんとも気まずそうに、そっと離れていく姿が見えた。

もっとも強い一族とされる鬼ほどではないが、あやかしは総じて五感が優れている。

今回貸し切られている会場はとても広く、参加者も相当な人数がいる。

そのためかなり騒がしくて、人間では到底聞き取れそうにない声量でも、あやかしには聞こえている可能性が高い。

それが分からない玲夜ではないはずだ。

今回のパーティーの参加者はほとんどがあやかしだというのは、目がくらむほど整った容姿の参加者たちを見ればなんとなく分かる。

そんなあやかしたちに、玲夜はあえて先ほどのような言葉を口にして牽制《けんせい》したのだろう。

玲夜に群がる者の中には人間もいたが、ごく近くにいた者には騒がしい中でも先ほどの玲夜の言葉が聞こえていたはず。さすがにぐいぐい押しの強い者も、玲夜の不興を買うと分かっていて話しかけようとしてくる度胸のある者はいない。

「高道と桜子もいるから問題ない」

「う、うん」

玲夜が目を向けると、高道と桜子のふたりと視線が交差する。

それだけの仕草で心得たというように頷いたふたりは、玲夜の代理人として役目を果たすべく、玲夜との話を断念した人たちに声をかけに行った。

その流れときたらなんともスムーズで、こういうことに慣れているのが嫌でも分かる。

いまだ社交をきちんと果たせない自分を思い知らされたようで落ち込む柚子からは、自然とため息が漏れる。

「気にするな。少しずつ慣れていけばいいんだ」

「でも、桜子さんは立派にこなしてるのに……」

どう逆立ちしても桜子には遠く及ばないと、己の不甲斐《ふがい》なさを感じる柚子。

「桜子は幼少期より俺の婚約者候補として教育を受けてきたんだ。それに筆頭分家の娘でもあるし最高の教師をつけられていた。そもそものスタートからして違うのだから、今の柚子が桜子と同じことができなくても、俺も父さんも母さんもなんとも思わない」

「うん……」

それはつまり、それ以外の者の中には柚子と桜子とを比べる者がいると言っているようなものでもあった。

かくりよ学園にいた時から何度となく陰口されていた内容なので今さらではある。

『玲夜様にふさわしくない』

『桜子様の方が優れているのに』

『どうしてあんな平凡な子が選ばれるのよ』

そんな声は数え出したらキリがなかった。

もちろん玲夜を隣に侍らせた柚子の目の前で悪口を言う勇者はいないが、きっと今も聞こえていないだけで、柚子をけなしている人が一定数いるのだろう。

そしてそんな陰口を言うのは人間の女性だとは見当がつく。

あやかしなら鬼の優れた聴覚で内容が筒抜けになることも、下手をしたら玲夜の怒りを買うこともちゃんと分かっているからだ。

ただ、その相手が人間だろうとあやかしだろうと、柚子自身も同じことを思っているので怒って言い返せないのがなんとも情けない。

侮る者を一喝できるだけの器量があればいいのに、残念ながら今の時点で反論できるほどの力を柚子は身につけていなかった。

せめてひとつでも秀でたものがあればいいが、悲しいかな皆無である。

いや、神子の素質があるという一点だけ存在するものの、それが玲夜の役に立っているか自信はない。

やはり社交の場は不得手だと、パーティーへの苦手意識が募っていく。

立食式のパーティーだが、ちゃんと食事スペースの近くにはテーブルと椅子も用意されていた。

「飲み物と軽食を持ってくる。そこで座ってじっとしているんだぞ」

「子供じゃないんだから……」

親が小さな子に言い聞かせるような口調にあきれる柚子だが、玲夜の心配性は今に始まったことではない。

「お前たち、柚子を頼んだぞ。おかしな輩がやってきたら遠慮なく排除しろ」

念を押して行く玲夜に、柚子の肩に乗る子鬼は大きく手を振る。

「柚子守るー」

「龍もいるから大丈夫ー」

『ぬほほほほ！　任せておけ』

うねうねと得意げに踊る龍は、柚子の腕にクルンと巻きついた。

いつもの龍の定位置なので柚子も違和感なく受け入れている。

龍の表面は見た目以上にツルツルスベスベで肌ざわりがいいのだが、爬虫類《はちゅうるい》が苦手な人ならば悲鳴をあげているかもしれない。

そんなことを言おうものなら、爬虫類と一緒にされたと龍は憤慨しそうである。

「柚子～」

名前を呼ばれそちらに目を向けると、柚子は顔をほころばせた。

「皆も来てたの？」

最初に名前を呼んだのは透子。

彼女の隣には東吉《とうきち》がおり、その一歩後ろには蛇塚柊斗《へびづかしゅうと》と婚約者の白雪杏那《しらゆきあんな》がいる。

透子以外は全員あやかし。あやかしは人間と比べると容姿が整っている者が多いので、その三人が並んでいるだけでもずいぶんと華やかだ。

大規模なパーティーということもあって、いつも以上にきちんと正装しているから余計にそう思うのかもしれない。

柚子と同じあやかしの花嫁である透子も赤色のシックなデザインのドレスを着て目いっぱい着飾っており、気合いの入りようが分かる。

「透子、そのドレスかわいい」

「なに言ってるのよ、柚子もかわいいじゃない。まあ、かわいいより綺麗《きれい》系ね。だけどすごく似合ってる」

「ありがとう」

はにかむ柚子はドレスが褒められたのが嬉しかった。

今回はレースを使った大人っぽさのある紺色のドレスをオーダーメイドしていた。

実は玲夜のスーツにも同じ生地を使っており、並んで立つと、合わせて作られたものだとひと目で分かる。

大学を卒業し既婚者となって、これからはかわいらしさより大人の女性を目指そうと、エレガントさ重視でデザインしてもらったものだ。

玲夜とおそろいということもあり、かなり気に入っていた。

「杏那ちゃんは……」

柚子は透子から視線を移し、杏那の姿をじっくりと見て言葉を止める。決して褒められないからではなく、その逆だ。

「うん。天使だね」

「あ、柚子もそう思った？」

「もしくは雪の妖精とか？　雪女だけに」

「ほんとそれ！」

柚子と透子は真面目な顔で褒め称えると、杏那は嬉しくも恥ずかしそうにはにかむ。

その表情がまた清楚で美しい。

「ありがとうございます」

クリーム色のドレスを着ていた杏那は、社交辞令でなく本気で妖精と見まごうほどの可憐さで蛇塚の隣に立っている。

蛇塚の体格がいいせいか、余計に杏那の儚《はかな》げな美しさが際立っているようだ。

「聞いてよ、柚子。とうとうこのふたり同棲《どうせい》始めちゃったのよ」

「え、そうなの!?」

蛇塚が杏那にプロポーズしたのは友人間では周知の事実だが、同棲の話は初耳だった。

「ちち違います！　同棲といっても柊斗さんのご両親だっていらっしゃるんですから」

うろたえる姿も愛らしい杏那から、わずかに冷気が漏れている。だが、それなりに付き合いのある柚子たちからしたら誤差の範囲であった。

「それに、毎日お泊まりしてるわけではないので同棲とはまた違いますよ！　柊斗さんはお仕事で忙しくていらっしゃらなかったりするので、柊斗さんのお母様とお話したりしていることの方が多いですし」

「あー、つまり花嫁修業ってわけね～。杏那ちゃんなら蛇塚君のいいお嫁さんになるわよ絶対。案外私みたいにできちゃった婚しちゃうんじゃない？」

杏那の反応が楽しくてならない透子は、含み笑いをしながら茶化す。

それに焦ったのは、たびたび杏那の被害を受ける柚子と東吉である。

子鬼たちもアワアワしながら両手を大きく振って「あいあい！」と透子に必死で訴えかけているが、気がつかない。

「ちょ、透子！　それ以上はマズいって！」

「馬鹿！　やめろ、透子！」

しかし、止めるのが一歩遅かった。

「そそそんな、でき、でき……。きゃあぁぁ！」

杏那が恥ずかしそうに顔を手で覆い悲鳴をあげた瞬間、杏那からどっと冷気が噴き出した。

「ほらみろ！　馬鹿透子！」

「ごめぇぇん！」

東吉に叱られ謝る透子は、ようやく己の失敗を悟る。

暦の上での夏は過ぎつつもまだまだ秋には遠い暑さがあるというのに、ダウンコートが必要になるような冷気があたりを包む。

しばし柚子たちのいる周辺がざわつき人が離れていったが、蛇塚の奮闘により杏那はようやく落ち着きを取り戻した。

「すみません！　すみません！」

平謝りの杏那は、しゅんと落ち込む。

「気にするな。どう考えても今のは透子が悪い」

「面目ない。調子に乗りました……。ふたりの仲が進展したのが嬉しくて」

透子もまた杏那に負けないほど肩を落としている。

けれど、さすが透子というか、反省したのはほんの少しの間だけで、復活は早かった。

「ていうかさ、そんなんでよくお泊まりできるわね？　どうしてるの？　夏場はなんとかなりそうだけど、冬場は皆凍死しちゃうわよ」

蛇塚と同じ屋根の下で寝食をともにするなど、蛇塚ラブの杏那が耐えられると思えないのは、透子だけでなく柚子も同じだ。

「夏場でも暖房器具が必要になりそう……」

想像しただけでこれでは、結婚したらどうなるのか、考えるのも恐ろしい。蛇塚の家族はもちろん、蛇塚家で働く人たちの身も心配である。

しかし、蛇塚自身はさすがに動じた様子はなく、表情も変えない。

「うん、ほぼ毎回興奮して極寒の地に変えるから、帰宅してすぐに室温で杏那がいるか分かるから便利だよ」

などと、なんとものんびりとした言葉が返ってきた。

「便利で済ませる蛇塚君って、かなり懐が大きいと思うのは私だけ？」

「大丈夫よ、柚子。たぶん百人中百人が柚子と同じこと思うから」

透子の言葉に子鬼もうんうんと頷く。

「蛇塚君のご両親とは仲いいの？」

「いびられたりしてない？」

またもやひと言多い透子に、東吉はこれ以上しゃべらせまいとするように後ろから口を押さえる。

「お前もう黙っとけ」

「むがむが……っ」

透子がなにやら不満を訴えているが、それは言葉になってはいない。

その様子をあきれた目で見ていた柚子は、透子を放置して杏那の話に戻った。

「大丈夫です。柊斗さんのご両親も屋敷で働く方々も、とてもよくしてくれていますから」

はにかむ杏那は幸せそうに笑う。

こちらにまで幸せのおすそ分けをもらうような微笑ましさに、柚子も優しい気持ちになる。

「そうなんだ。よかったね」

「はい」

なんともほっこりした空気が流れる。

すると、杏那が小さく「あっ」と声をあげた。

柚子の背後を気にする杏那。

柚子は振り返るが、そこにはたくさんの客がおのおの会話に興じているので、杏那がなにに気を取られたかは分からない。

「どうかした？」

柚子が不思議そうに問う。

「あそこで私の両親と柊斗さんのご両親がお話しているのが見えて」

しかし、ふたりの両親に会ったことがない柚子は、人が多すぎてどの人が蛇塚と杏那の両親か判別ができない。

「杏那、挨拶に行こう」

そう蛇塚が杏那の手を引く。

手を握っただけだというのに動揺する杏那により発せられた、冷凍庫を開けた時のようなわずかな冷気が足もとを撫で、ぞくりとした。

「じゃあ、また後で」

「おう」

気にした様子はなくこの場を離れようとする蛇塚に、東吉は軽く手を挙げて挨拶をした。

そうして人混みの中に消えていったふたりの背を見送ってから、柚子と透子と東吉の会議が始まる。

最初に口を開いたのは透子だ。

「ねえ、あの状態で結婚式なんかして大丈夫だと思う?」

「無理そうかも……」

お世辞にも大丈夫とは思えない柚子は苦笑いを浮かべる。

「蛇塚君には杏那ちゃん対策をしっかり練るように念を押しておかないとね」

「蛇塚家は結婚式場とかも経営してるらしくて、宣伝も兼ねて洋風の結婚式をするみたいよ。だから、チャペルでの誓いのキスは鬼門だわ」

「キスする前に、蛇塚が顔を近付けただけでチャペルごと凍らせかねねぇぞ」

柚子、透子、東吉と、全員言いたい放題だが、それが想像できてしまうので怖いのだ。

「結婚式で集団凍死なんて、しゃれにならないね……」

「にゃん吉、全員分の毛布は絶対準備するように蛇塚君に伝えときなさいよ。あと、結婚式するなら夏場一択よ。冬場なんてもってのほかだから」

「確かに冬場は出席者の命に関わるな。けど、夏場だとしても毛布を用意するだけで足りるかぁ？」

毛布以外の対策を講じるよう蛇塚にはきちんと言っておかなければならないようだと、三人の意見は一致した。

そして、透子からは柚子の知らない情報がもたらされる。

「まあ、万が一結婚式をめちゃくちゃにして続行不可にしても、杏那ちゃんは蛇塚家では大事にされてるみたいだから問題ないでしょうねぇ。特に蛇塚君の母親にめちゃくちゃかわいがられてるんだって」

「そうなの？」

最近は自分や玲夜のことで手いっぱいだった柚子は、少々蛇塚と杏那の話題に乗り遅れていた。神に連れ去られたり神器を探す必要があったりと、いくつもの問題を抱えていたので仕方ない部分はある。

「なにせ元花嫁があれだったから」

そう口にする透子の苦々しい表情といったらない。

それを見た柚子も同じような顔になってしまう。

「梓《あずさ》ちゃんね……」

久しぶりに口にしたその名前。

「あの女は家の援助をしてもらってるにもかかわらず、蛇塚君を毛嫌いして散々当たり散らしてたからね。花嫁だから我慢してたけど、蛇塚君の両親からも家人からも怒りを買ってたみたい。そんな後に、あんな蛇塚君ラブを隠そうともしない、長年一途に蛇塚君を思い続けた健気な杏那ちゃんが現れたら、そりゃあご両親も家の人たちも大歓迎するわよね。親としたら我が子を大事に思ってくれる人の方がいいに決まってるもの」

透子の言葉には、莉子《りこ》という娘を持った親だからこその強い共感が含まれていた。

「あの女ときたら、まったく蛇塚家に馴染《なじ》もうとしなかったみたいだからな。花嫁だから我慢してただけで、追い出したかった奴は結構いたみたいだぞ。そんな女と杏那を比べるのはかわいそうってもんだ」

もちろん東吉がかわいそうと思っているのは杏那の方である。

透子といい、東吉といい、梓への当たりが強い。あの一件から何年も経っているのに、まだ怒りは収まっていないようだ。

柚子を含め蛇塚側に立って物事を見てしまうので評価が厳しくなるのは仕方ないのだが、透子も東吉も決して名前を呼ばずに、頑として『あの女』と恨みがましく呼んでいるところに怒りが感じ取れた。もはや名前を呼ぶのも嫌なのだろう。

「梓ちゃん、どうしてるんだろ……」

「正直あんな恩知らずどうでもいいんだけど、蛇塚君にとってはそういうわけにもいかないんでしょうね？」

透子はチラッと東吉を見る。

視線を感じた東吉は、せっかく正装に合わせて綺麗に整えられた髪を手でかく。わずかに乱れた髪型は、東吉の複雑な心を表しているかのようだ。

「まあなぁ。一度出会った花嫁を忘れるなんてできると思えないし、杏那と結婚しても、この先ずっと花嫁の喪失感を持って生きていくしかないんだろうな」

人間の柚子や透子には決して分からない感覚。

けれど東吉の表情を見ていれば、どれだけ辛いものなのか、わずかばかりだが感じられた。

それに、辛いのは蛇塚だけではない。

そんな蛇塚を愛し、これからの未来をともに生きていく杏那もまた辛いはず。

愛する人の心の中には自分ではない別の女性が一生残っているのだ。

結婚したとしても決して己が一番になることはない悲しみ。

「杏那ちゃんは強いね」

蛇塚の中から梓が消えない現実を理解していながら、蛇塚を選んだ。

すべてを受け入れる覚悟を持って隣に立っている。そこに杏那の深い愛情が見えるようだった。

「……なあ、柚子。例の神器って蛇塚に貸してやれねぇか？」

突然の東吉の言葉に、柚子は目を丸くする。

「え？」

「それがあれば、あやかしの本能を消せるんだろ？　そうしたらさ、蛇塚も苦しまなくて済むんじゃないかって思ったんだ。あいつはもう次に進もうとしている。そこに梓の存在は必要ないんだよ。できれば蛇塚のためにも杏那のためにもなくしてやりたい」

東吉の思いは、友人を心から心配するからこその願い。

けれど、柚子は即答できない。

「にゃん吉君の気持ちはすごくよく理解できるけど、神器はもう神様に返しちゃったの。また使わせてくれるのかどうか……。それに、神器を使って無害ってわけにはいかないかもしれなくて」

「そうなのか？」

「あったものを強制的に奪うわけだから、なにかしらの影響があってもおかしくないって神様が言ってたから」

どんな影響が出るのか分からないが、害を受ける可能性のあるものを蛇塚に使わせるのはためらわれた。

かと言って、他の誰かで実験するわけにもいかない。

「マジか……」

東吉は思わず天を仰いだ。

「いい案だと思ったんだけどな」

「でもさ、若様は？　若様ピンピンしてるじゃない」

透子の疑問に、柚子は「確かに……」とつぶやく。

神器によって本能を奪われた玲夜は、神器に刺された最初こそ倒れて少しの間意識不明ではあったが、その後体調を悪くするでもなく精力的に働いている。

「もしかして私の知らないところで問題があったりしてるの？」

透子は真剣な顔で問う。

「ううん。そんなの聞いたことない、けど……」

柚子が一瞬言葉を詰まらせたのは、玲夜の場合は簡単に弱い姿を見せようとしないからだ。なにかあったとしても、柚子には悟らせないようにしている可能性は捨てきれない。

「玲夜に聞いてみたらいいんだろうけど、素直に話してくれるかな……？」

「俺がどうした？」

聞き慣れた最愛の人の声に、柚子ははっとする。

振り返ると、飲み物とサンドイッチといった軽食が載ったお皿を持った玲夜が立っていた。

「玲夜……」

「ジュースだ」

スッと柚子にグラスを手渡してから皿をテーブルの上に置くと、透子と東吉へと目を向ける。

「若様、こんにちは～。ああ、相変わらず目の保養だわ……。前より色気が増した気がする」

「透子がすみません……」

頬を染めて見惚れる透子の態度に、玲夜の恐ろしさを知っている東吉は恐縮しっぱなしでペコペコと頭を下げている。

「問題ない。ふたりがいてくれたおかげで柚子に変な奴が近付かなくて助かった」

さすがに付き合いが長いからか、ふたりへ向ける玲夜の眼差しは他人に比べると柔らかい。

あくまで、他人と比べるとではある。けれど、玲夜の怖さを知る者からしたら、その差はかなり大きい。

「なにを話してたんだ？　俺の名前が出ていたようだが」

この騒がしい会場内で柚子の声を拾うのだから、やはり玲夜の耳はいい。いや、玲夜ならば遠く離れたところにいても柚子の声なら聞き取りそうである。

「玲夜の体のこと。神器で刺されて……」

そこまで口にしてから柚子ははっとする。

「どうした？」

「さっきから普通に話しちゃってたけど、神器とか本能をなくすこととか、周りに知られちゃうとマズいよね？」

玲夜のあやかしの本能がなくなった件は、一部の者にしか知らされていない。こんなに人目の多い中で話していい内容ではなかったと、柚子は声を落とす。

今頃声を小さくしても、もう聞かれている可能性があり、後の祭りかもしれない。内心で慌てる柚子と違い、玲夜は冷静そのもの。

「問題ない。今回のパーティーで、参加者には父さんが神器の存在とある程度の情報を教えるからな」

「そうなの？」

「鬼の一族の中に、神器は鬼が管理すべきだなどとほざいている馬鹿がいてな。父さんと妖狐《ようこ》の当主が話し合って、神器や神、最初の花嫁について話すことになった。他の一族の目があれば、さすがに鬼といえど独占するのに難色を示すあやかしたちが出てくるからな。このパーティーはそもそもそれが目的のものだ」

「でも、話していいの？　神器や神様の存在を知ったせいで起きる問題もあるんじゃないの？　そもそも神様の存在を信じるのかな？」

妖狐の当主である撫子は当然のように神を信じていたし、歴代の狐雪《こせつ》家の当主も分霊された社を守ってきたためか、神への信仰心が篤い。

けれど、他のあやかしはそう簡単にはいかないと予想できる。

「そのために父さんと妖狐の当主が話をする。さすがにこのふたりを前に、嘘《うそ》だなんだと正面から文句を言える度胸のある奴などいないだろう」

　霊力の強さでいえば玲夜が次点ではあるが、発言力や権力、経験値などを総合して評価すれば、千夜に次ぐ影響力を持つのは玲夜よりも撫子だ。

あやかしの世界をまとめるこのふたりの言葉を軽んじるあやかしはほとんどいない。

「噂をすればだな。父さんたちが来た」

　途端に出入口の方が一層騒がしくなり、人々の視線が集まる。

　入ってきたのは千夜と撫子。

　千夜の一歩後ろには沙良の姿もある。けれど、あくまで主役は千夜と撫子のようだ。

　千夜と撫子はそのまま壇上へと上がり、会場内を見渡した。

　ニコニコとした笑みを浮かべる陽気な表情の千夜は、どこをどう見てもあやかしのトップにいるとは思えない気安さがある。

　一方の撫子は千夜とは反対で、当主にふさわしい気品と威厳を全身から発していた。

　対象的な雰囲気を持つふたりではあるが、抗えないほど人を惹きつける力があるという点では同じだ。

　千夜が話し始めようとすると、自然と人々は千夜の言葉を待つように口を閉じ、会場内は異様なほどに静まり返る。

「やあやあ、今日は皆参加してくれてありがとうねぇ」

威厳も貫禄《かんろく》もない軽い口調なのに、誰ひとりとして千夜を侮る者などいなかった。

ラスボス感でいうと絶対に玲夜の方が雰囲気を出しているのだが、千夜は掴めそうで掴めないような底知れなさがあると、玲夜は自分の父親をたびたびそんな風に評する。

あやかしではないからなのか、柚子にはいまいち分からないでいる。

もちろん自分には足もとにも及ばぬ人という認識は持っているが、いかんせん普段の千夜はひょうひょうとしており、まるで中学生のような陽気なノリで、あやかしの頂点に君臨していると思わせるような面を感じさせない。

けれど、玲夜が千夜のことを一目置いているのは、接する態度で伝わってくる。

父としても、あやかしとしても尊敬しているようだ。決して千夜の前では口にはしないけれど……。

「実は今回大々的に皆を集めたのには理由があってね――」

そこから始まる千夜の話に、戸惑いを隠せない者がほとんどだ。

神と始まりの花嫁の話。

鬼龍院、狐雪、烏羽《うば》の三家へ与えられた神の贈り物。

特に、あやかしの本能を奪う神器の存在は誤解が起きないように丁寧に説明された。

柚子が霊獣を連れているのは周知の事実なので、霊獣への知識を持っている者は多数いたが、神の存在を信じるかというと難しい。

けれど、千夜の話を隣に立つ撫子は否定しない。

狐雪もその話に異論がないということを示している。

あやかしの中でもっとも権威あるふたつの一族が認めた。それは少なからずあやかしたちに衝撃をもたらす。

だが、あまりにも突拍子もないことで信じきれずに、どう反応していいものか迷っている者が多くいる。

「まあまあ、皆も突然こんな話をされたら混乱するよねぇ」

千夜はのほほんとした様子で理解を示す。彼もすぐに全員が信じるとは思っていないのだ。

「あ、あの……」

そんな空気の中で手を挙げる勇敢なる男性がいた。

「その神器はどうされるのですか？　その昔烏羽家に与えられたというなら、その神器は烏羽家に返すべきなのでは？」

萎縮しつつ発言するその男性の言葉に、周囲からも「確かに……」と同意する声がちらほら聞こえてくる。

「神器は神様へ返したよー。神様がもう烏羽家に管理させておけないって怒っちゃっ

「えっと、神様がそう言ったのですか？」

「うん、そうだよぉ」

男性の戸惑いはあからさまに顔に出ており、〝神〟という存在を信じきれていないのが手に取るように見える。

それは彼だけではない。

千夜は心情を分かっていながら、なにか問題？と言わんばかりに平然と無視するのだから、やはり見た目通りの優しい性格というわけではない。

「その神様はどちらにいらっしゃるんですか？」

「元は一龍斎の一族が神様を祀《まつ》って仕えていたらしいんだよ。けれど、一龍斎はとっくの昔に役目を放棄している。そのせいで神様は眠りについたり大変だったんだけど、ここで登場するのが僕のかわいい娘になった柚子ちゃんでーす！」

スポットライトがあったら照らされそうな勢いの紹介に、突然名前を出された柚子はぎょっとする。

千夜はこれまで鬼の一族の内部にすら多くを語らず、のらりくらりとかわしてきたというのに、たくさんのあやかしがいるこの場でどこまで話すつもりなのかと柚子は焦りをにじませる。

「柚子ちゃんには過去の一龍斎のような神子としての素質があるみたいでねぇ。神様が大層柚子ちゃんを気に入ってるみたいなんだぁ。だから、神様の相手は柚子ちゃんにお任せするのが一番だねって、撫子ちゃんとも意見が一致したんだよー」

間延びした緊張感の欠片もない口調ながら、千夜がそんな重大発言をしたがために、一気に視線を向けられた柚子はたじろぐ。

「ちょっ、ちょっ……」

動揺しすぎて言葉にならない柚子が、玲夜の袖を引っ張る。

「れ、玲夜、あんな話をしちゃっていいの!?」

声を潜めて話しかける柚子の顔には焦りと戸惑いが見えた。

「これが一番いいんだ。天童《てんどう》たちを抑えるためにはな。柚子も俺と離れたくないだろう？　まあ、天童がなんと騒ごうが離れるつもりはないが」

「え、どういうこと？」

「俺が本能をなくしたと知った天童たちが、それなら花嫁など不要だろうと、柚子と別れるように父さんのところへ進言してきた。他にも己の娘を後釜に据えたくて反対している奴らと結託してな。まったく鬱陶しい奴らだ」

玲夜は不快そうに舌打ちした。

「だから、柚子が神と対話できる唯一無二の存在であると、柚子の持つ価値を公にすることで黙らせようと考えたんだ。散々柚子を使ったんだから、今度はこちらが神の存在を利用してやるさ」

玲夜からは天童だけでなく、神に対しての苛立ちも感じ取れる。神器の一件に柚子を巻き込んだのがいまだに許せないようだ。

玲夜自身も、神が作った神器によって本能を奪われたのでなおさらだろう。

「私の知らないところでそんな問題が起きてたんだ……」

高道の祖父である天童とは一度だけ顔を合わせたが、その態度から柚子を歓迎していないと会ってすぐに分かった。

本能をなくしても玲夜が変わらずにいてくれたので、それで話は終わったと思っていたが、まったく終わっていなかったようだ。

そんなにも自分の存在は受け入れ難いのだろうかと、柚子は落ち込む。

『小癪《こしゃく》な奴らだ。柚子を認めぬなど何様のつもりなのだ！』

「あいあい！」

「やー！」

憤慨する龍に応じるように、子鬼たちも目を吊り上げ怒りを表す。

それに対し、玲夜も深く頷いた。

「その通りだ。当主である父さんと、俺の決定に不満をぶつけてくるなどもってのほかだ。……ただ、少し気になっているところもある」

突然難しい顔をする玲夜に柚子はすぐさま反応する。

「なにが？」

「天童たちがどうしてそこまで柚子を認めないかだ。最初は人間だからかと思っていた。自分を守る力のない花嫁は時に一族の弱みにもなるからな。それから単純に桜子と比べているのかもしれないとも。鬼龍院の当主の妻となると、相応の責務を果たさないといけなくなるからな。一般の家庭で育った柚子には難しいと判断してもおかしくないのかと」

「それが理由だと反論できない……」

桜子の後釜に座ったのが平凡な柚子なら、そう考えても仕方ない。正直に言うと、柚子が一番おかしいと感じているのだから。桜子の代わりなど、あと百年経ってもできる自信はない。

「だが、柚子をというより、花嫁だから認めないように感じるんだ」

「花嫁だから？」

柚子はきょとんとする。

花嫁は一族を繁栄させるので、喜ばれるのではないか。柚子自身の器量が認められないなら納得できるが、花嫁だからというのは理解できない。

花嫁の存在はあやかしの力を強くする。現に、玲夜は柚子を迎え入れてから霊力が増したとこぼしているのを耳にした覚えがある。

柚子に変化は感じられないので右から左に流していたが、透子の娘の莉子が猫又《ねこまた》には珍しいほどの強い霊力を持って生まれてきたように、花嫁は一族で大歓迎されることがほとんどだ。

鬼の一族の場合は、玲夜の霊力を強めてさらなる強い次代を生むことより、花嫁という弱みができる方が危険ではないかと、柚子を一族に迎え入れるのを認めない者が一部いた。

鬼の一族はすでに誰もが認めるほど繁栄しているのだから、花嫁などいなくても問題ないと考える者がいても仕方ない。

しかしそれも、柚子が龍という霊獣の加護をもらったことで大人しくなった。

いまだに反対しているのが天童を筆頭とした先代当主の側近たちである。

「花嫁は弱みになるからってこと?」

鬼龍院をよく思わない一族に狙われる可能性は常につきまとう。

鬼はあやかしのトップに君臨するからこそ、敵もまた多い。なので、子鬼も龍も常に柚子のそばにいるのだ。

他にも、柚子が気付かないところから護衛が見張っている。

「子鬼だけでなく龍がついてる。他の一族が柚子になにかできる可能性は低い」

その言葉に龍がドヤ顔をしている。

「だったらどうして？」

「さあな。天童は高道の祖父ではあるが、仕事以外の話をわざわざするような関係性ではないから、なにを考えているのか分からない。とりあえずは、柚子の価値を示して反対派が少しは大人しくなるといいんだが……。さすがに天童あたりは、あやかしの本能がないなら離婚をと変わらず訴えかねないのが問題だな」

「そんな……」

今さら玲夜と離れるなんてできないと、柚子は不安な顔で玲夜の腕を掴んだ。

『ふむふむ。あやかしの本能を感じぬのが問題というわけか。それなら……』

そんな風に龍が神妙な面持ちでつぶやいているのに、柚子は気付かなかった。

千夜は壇上での話を終えると、撫子とともに降りていく。

いつもならわらわらと、砂糖に群がる蟻のように集まって媚びを売るのに精を出す者たちであふれかえるのだが、今回に限っては千夜から伝えられた話の方へ意識が向いており、おのおの意見を交換し合っている。

そのせいか誰にも邪魔されず、スムーズに千夜と撫子が柚子たちのところへ向かってきた。

「柚子ちゃん、ごめんね。突然で。びっくりしたでしょー」

「いえ、大丈夫です」

ニコニコしながら謝罪する千夜の言葉を否定しつつも、心の中では『まったくだ……』と思っている柚子がいた。

柚子にとって千夜と沙良は義理の両親であり、撫子とも何度となく会っているので今さら緊張はしない。しかし、透子と東吉は、近付いてくる三人に顔色を強ばらせながら気配を殺している。特に東吉の顔色はすこぶる悪かった。

「にゃん吉君、大丈夫？」

柚子はそっと声をかける。

「大丈夫なわけないだろ。何度も言うが、猫又はあやかしの中じゃ下位なんだよ！弱々なのっ！　鬼と妖狐のトップを前に平気でいられるかっての！　なんだよ、あの妖気の強さ。鬼龍院様はやっと慣れてきたとこなのに、そこに鬼の当主夫婦と妖狐の当主が加わったら、心臓発作起こすぞ。俺を病院送りにしたいのか！」

東吉は必死の形相だった。

「そんなに？」

人間である柚子には東吉の感覚が理解できないので首をかしげるだけ。

「私はにゃん吉みたいに妖気なんて分からないけど、やっぱ鬼と妖狐の当主がそろうと圧巻よね～。オーラが違うっていうかさ」

そんな透子は、緊張はしつつも東吉ほどではないようだ。多少余裕を感じる。撫子とも一度花茶会で会っているおかげもあるだろう。

「さっさと退散したいが、完全にタイミングミスった……」

東吉がなぜ嘆いているかというと、撫子の目が透子を見ていたからだ。完全にロックオンされており、ここで逃げるのは失礼になる。

「久しいの、透子よ」

「は、はい！　お久しぶりです！」

すっと背筋を伸ばす透子の隣で、東吉も同じように姿勢を正している。

「元気にやっておるかえ？」

「はい。娘ともども元気いっぱいです」

「うむ、それは重畳《ちょうじょう》。して……」

撫子の視線が隣にいる東吉に移る。

「そちが透子の旦那か」

「猫田《ねこた》東吉です！」

ガチガチに緊張している東吉は、今にも卒倒しそうだ。

その様子に、撫子は声をあげて笑った。

「ほほほ、そのように緊張するでない。……とはいえ、猫又のあやかしでは、このメンツを前にしてはちと厳しかろうて」

「ご理解いただきありがとうございます」

東吉からは『早く解放してくれ～！』という叫び声が今にも聞こえてきそうだ。

そんな中に割り込んできたのは千夜である。

「撫子ちゃん、にゃん吉君を虐めちゃ駄目だよ～」

そう言って東吉の肩に腕を回す千夜。

その行為こそが東吉にとったら虐めであろう。東吉は声もなく、もう半泣き状態である。

東吉が千夜と直接会ったのは、一龍斎に囚われた龍を助けるために玲夜の屋敷に泊まった時だろうか。

その後はパーティーや柚子と玲夜の披露宴などで顔を合わせているはずだが、仲よく肩を抱くほど親しいわけではない。なのに、千夜は当たり前のように東吉を『にゃん吉君』と呼んでいる。

柚子がそう呼んでいるからかもしれないが、千夜との会話で東吉が出てくることなどほぼなかった。

「ほう、にゃん吉とは愉快――いや、愛らしい呼び名よのう。ならばわらわもそう呼ばせてもらってもよいかえ？」

　ほほほっと、扇を持って楽しげに笑う撫子に否を突きつける勇気が東吉にあるはずもなく……。

「はい、どうぞお好きにお呼びください……」

　消え入りそうな声でそれだけをなんとか発した。

　なぜか比類なき権力を持った二家の当主に挟まれるという状態にある東吉に、多方から憐れみの目が向けられる。

「あっ」

　なにかに気がついた千夜が東吉の肩から手をどかし、そこでようやく東吉はほっと息をついた。

「よく耐えたわ、にゃん吉」

「めちゃくちゃ怖ぇ……」

　透子が慰めるように肩を叩いて労っている一方で、千夜はどこかに向かって大きく手を振った。

「おーい、藤史郎《とうしろう》くーん！　こっちおいで～」

　千夜の目線の先にいるのは、撫子の長男である藤史郎。彼の隣には妻の菜々子《ななこ》もいた。

菜々子は花嫁で、あやかしではなく柚子と同じ人間だ。

藤史郎は撫子によく似た品のある美しい顔立ちだが、温度のない冷たい雰囲気を持っている。そこはどことなく玲夜を感じさせるところもあった。

雰囲気だけでいうと、撫子の三男である藤悟《とうご》より玲夜の方が兄弟っぽく思える。

もちろん見た目はまったく違うのだが、次代を担う者としてその重責を考えると、必然と気を張っているからかもしれない。

「お久しぶりです、千夜様、沙良様」

藤史郎は千夜と沙良の前で一礼する。

隣の菜々子も同じようにお辞儀をするが、花茶会で見せていた柔らかな笑みは浮かんでおらず、まるで人形のように無表情なのが柚子はすごく気になった。以前に花茶会で見せた藤史郎への態度も印象に強く残っていたせいもあるのだろう。

「菜々子ちゃんも花茶会ぶりねぇ」

沙良が菜々子の手を握ると、そこでようやく菜々子の表情が緩んだ。

血の通った表情が見れたことにほっとする柚子だが、隣の藤史郎が視界に入り息を呑む。

ぞっとするほど憎々しげな顔をしている。

それは沙良に向けてなのか、菜々子に向けてなのか……。

答えを求めるように柚子は千夜を見た。

負の感情を向ける相手が沙良ならば千夜が黙っているはずがないと思ったからだが、千夜は変わらずニコニコしている。

再度藤史郎を確認するも、綺麗に感情を隠してしまった後だった。

「気のせい……？」

沙良でないなら菜々子に向けてかと思ったが、そんなはずがない。

菜々子は花嫁だ。神器で本能を奪われでもしない限り、花嫁を憎く思うわけがない。

柚子は考えすぎかと、先ほどの藤史郎の表情を頭から追い出した。

「どうかしたか、柚子？」

「ううん、なんでもない」

そう伝えるも、玲夜は疑わしげにじーっと柚子を注視する。

「玲夜」

柚子はあきれたように苦笑する。

「心配しすぎだよ」

「心配してなにが悪い。柚子は俺の唯一だ」

「真面目な顔でサラッと言える玲夜ってほんとすごいよね」

それもこんな人目がある中でだ。

千夜と沙良などはニマニマと笑みを浮かべており、撫子も至極楽しそうに笑い声をあげた。

「ほほほっ。あやかしの本能がなくなっても若は若じゃのう」

三人の反応に、発言した張本人の玲夜ではなく柚子の方が恥ずかしくなってきて目線を伏せた。

玲夜は堂々としているというのに、なんだか理不尽さを感じる。

「……本当に花嫁への本能をなくされたのですか？」

それまで静かだった菜々子が初めて口を開いた。その目は真剣に玲夜を捉えている。

けれど、答えたのは千夜だった。

「そうだよ～。全然そう見えないよね。さすがに少しは変わったかなと思ったけど、相変わらず重ーい男で、親として柚子ちゃんに申し訳ないよほんとに。玲夜君が嫌になったら迷わず僕に助けを求めるんだよ～。ちゃんと逃がしてあげるからね、柚子ちゃん」

「父さん」

「やだなぁ、冗談だよ。玲夜君、怖ーい」

玲夜が千夜をにらむが、千夜は変わらずヘラヘラと笑っている。

そこらのあやかしなら瞬足で逃げ出すだろう玲夜の眼力も、千夜には場を盛り上げるスパイス程度でしかない。

「……しい……」

「ん？　なんだい？」

菜々子の声はあまりにも小さく、千夜ですら聞き取れなかったようで首をかしげている。

「いえ、なんでもございません」

菜々子は再び人形のような無表情になってしまった。すっと藤史郎の後ろに下がると、それ以降はまるで存在を消すように控えているだけだった。

撫子はその様子を複雑な表情で見ていたが、なにかを言うわけでもなく、妖狐の当主としての威厳のある表情に変わる。

「神器を穂香に渡した者は見つかったのかえ？」

「それがまだなんだ」

千夜は大げさに肩をすくめる。

先ほどの壇上で、千夜は神器にあやかしの本能を奪う機能があるとは伝えていたが、それをどのようにして手に入れるに至ったかまでは話していない。

穂香に神器を渡したという玲夜に似た男の存在も。

「だけど、少し前から玲夜君に似た男の情報がいくつかあってね。ＳＮＳに写真が投稿されていたんだ。遠かったり画像が荒かったりして不確かだったんだけど、柚子ちゃんの友達が遭遇してばっちり綺麗に顔が写った写真を撮ってくれたから助かったよ。離婚する時、訴訟で柚子ちゃんが有利になるよう考えて証拠を残したっていうんだから笑っちゃうよね～。透子ちゃんといい、柚子ちゃんの周りは友達思いな子が多くて安心だよ」

千夜は愉快でならないようだが、玲夜は逆で不愉快極まりない顔をしている。

「神器ごときで柚子以外の女に走るわけがないでしょう」

眉間に皺を寄せる玲夜は、柚子を引き寄せて周囲に仲のよさを見せつけるように抱きしめた。

柚子はもうあきらめてされるがままである。

「それよりも、父さん。その男の写真であの女に確認は取れたんですか？」

玲夜は柚子を離さないまま、千夜に問いかける。

「うん。沙良ちゃんから聞いてもらったけど、間違いないみたいだよ」

視線が集まると、沙良はこくりと頷いた。

「何者なのでしょう？　心当たりはないんですか？」

「それがあったら苦労しないよぉ。その子が烏羽家が管理しているはずの神器をどうやって持ち出したかも分からないし。そもそも烏羽家とは仲が悪いから関わりもないしれねぇ。聞いたところで教えてくれるとも思えない」

「それは狐雪家でも同じじゃろうて。鬼龍院ほど仲違いしておらぬが、お互い関知しないという状態が続いておるので、質問状を送っても無駄であろうな。今の当主が誰かも分からぬほどじゃ。噂では最近交代したらしいが、名前も性別すらも知らぬ」

「内情の分からない烏羽家から神器を持ち出したんだから、それなりに内部に詳しい者のはずなんだよねぇ。そんなのが玲夜君と似ているのも興味深いけど、それ以上に烏羽家がどう動くか気をつけておきたいとこではあるかな。他にも気になることがあるしねぇ」

　千夜の言葉にすぐさま撫子が反応する。

「気になること？　なんじゃ？」

「最近鬼龍院に対して恨みを持つ者が水面下で動いてるって話でね。警戒を強めているところなんだ」

「誰か分かっておるのかえ？　まさか烏羽家か」

「今は調査中～。なにせ、鬼龍院に恨みを持ってる家や輩なんて腐るほどいるしぃ」

　狙われているというのにまったく緊張感のない千夜に、撫子もやれやれという様子だ。

「さもありなん」

「撫子ちゃんのところも気をつけてね～」

千夜と撫子の会話を静かに聞いていた柚子は、かなり深い内容に意識が集中してしまうのを抑えきれない。

それと同時に、これほど重要な話を井戸端会議をするようにポロポロと話していていいのだろうかと心配になった。

周囲で聞き耳を立てている人もいるのではないだろうか。聞かれてはマズい話も含まれているのではないかと、柚子は周囲の反応をチラチラとうかがう。

だが、予想に反して誰もこちらに注目している様子はない。

すると、周囲を気にする柚子の様子に気がついた龍が柚子に教える。

『大丈夫だ。柚子は気付いておらぬが、ここの周りにだけ結界が張ってある。この会話は周囲には聞こえておらぬであろう』

「そうなの？」

『こやつのあやかしの本能がなくなったという話題に移った時に張られた。簡単にこれだけの結界を張れるのだからさすがは鬼の当主だな』

どうやら結界は千夜によって張られていたらしい。

『しかし、我からすればまだまだ小童《こわっぱ》だがのう！　カッカカッ』

得意げに笑う龍に苦笑する柚子は、龍と千夜のどちらにも気を遣ってあえてなにも言わなかった。

龍を褒めると千夜が弱いと肯定しているようなものだし、否定すると龍が拗《す》ねて面倒くさい。沈黙を貫くのが一番だ。

ふと、柚子が菜々子に目を向ける。

先ほどから黙ったまま話に加わるわけでもない。

それは沙良も藤史郎も同じである。

東吉と透子などは置物と化していて、いつこの場から脱出しようかとタイミングを見計らっている。

しかし、透子も東吉もあやかしの本能を奪う神器の話は気になるので離れられないのだろう。

花嫁である透子も、透子を花嫁に選んだ東吉も、決して他人事と無視できる話ではないのだ。

それに蛇塚のことも考えると、少しでも神器の情報が欲しいといったところだろうか。

ふたりの会話の内容が気になるのは柚子も同じだ。

柚子もすべての事情を知っているわけではないので、当主ふたりの会話は貴重な情報だった。

だからこそ聞き入っていたのだが、菜々子は先ほどからずっと暗い顔をしていて、花茶会での朗らかな表情との違いが気になって仕方がない。

いったい彼女はなにを考えているのだろうか。

すると、突然菜々子が動く。

「少しお化粧室へ行ってきます」

すっと藤史郎から離れようとした菜々子だったが、すぐさま藤史郎が菜々子の腕を掴んだ。

「俺も一緒についていく」

「結構よ！」

菜々子はさわるなとでも言うように、藤史郎の手を強く振り払った。

突然の大きな声に、千夜たちの会話も止まり菜々子へ意識が向く。

「お化粧室ぐらいひとりで行けるわ」

温度のない声が菜々子から発せられる。

「なにかあったらどうする」

「なにがあるというの？　これだけ警備が厳重にされているというのに」

「それでも――」

再度菜々子に触れようとした藤史郎だったが、菜々子は一歩下がることでその手を避ける。

その態度に藤史郎の目つきも険しくなり、なんとも言えぬ険悪な雰囲気が流れた。

柚子はどうしたものかと戸惑うが、玲夜も千夜も沙良も、そしてもっとも関係深い撫子さえも静かに見守るだけで口を挟もうとはしない。

「お前がどう思おうと、お前は俺の花嫁だ」

藤史郎は、まるで菜々子に教え込むように、分かりきった事実を口にする。

菜々子が花嫁であることなど、わざわざ当人に教えるまでもない。藤史郎の妻となった菜々子自身がそれをよく理解しているはずなのだから。

「……ええ、そうね」

一瞬、菜々子が傷ついたような表情を浮かべたが、それは霞《かすみ》を掴むようにすぐにかき消えた。

「私が花嫁だからあなたは私に執着するのよね。もし、あなたが神器によって本能を失ったらどうなるのかしら？　きっと鬼龍院様とは違ってあっさり私を捨てるのでしょう!?」

声を荒らげる菜々子は興奮冷めやらぬまま続ける。

「それなら最初から、あなたの花嫁になんてなりたくなかったわ！」

さすがにこれ以上は止めるべきだと思った柚子より早く、藤史郎が動き菜々子の手を掴む。

「それでもお前はもう俺の花嫁だ。あの男の妻になれなくて残念だったな」

その言葉がなにを意味するのか柚子には分からなかったが、菜々子はカッと怒りで顔を赤くしながら藤史郎をにらみつける。

「そうさせたのはあなたじゃない！」

菜々子は空いた手で藤史郎の頬を叩いた。

柚子は驚いて目を大きくする。

それはあやかしにとったら大した抵抗ではなかったのだろうが、藤史郎の手は菜々子から離れた。

「気分が悪いので失礼いたします」

菜々子は柚子たちに向かってお辞儀をすると、足早に会場の外へ去っていった。

「菜々子……」

妻に叩かれ茫然自失《ぼうぜんじしつ》の藤史郎が立ちすくんでいる。ショックを受けているのは聞くまでもなく明らかだ。

そんな藤史郎に撫子が檄《げき》を飛ばす。

「なにをしておる。早く菜々子を追わぬか、馬鹿者」

撫子の言葉にはっとした藤史郎は我に返り、一礼してから菜々子の後を追っていった。

　ふたりが人混みの中に消えていくまで見送ってから、撫子はやれやれという様子で振り返る。

「すまなかったのう。柚子や透子、にゃん吉は驚いたであろう？」

「とんでもない」

　柚子が否定すると、透子と東吉も勢いよくぶんぶんと首を横に振った。

　確かに驚きはしたが、柚子は花茶会で菜々子と藤史郎の険悪なやりとりを一度目にしている。なので、どちらかというと透子と東吉の方が驚いたはずだ。

けれど、猫又のあやかし界での立ち位置的に素直に口にできるわけではないので、否定するために首を横に振るしかない。

「それならよいのじゃが。……にしても、まったく困った息子と嫁じゃて。若が息子だったらと羨ましく感じるとはのう」

「やめてくれ」

　玲夜は本気で嫌そうな顔をした。

「撫子ちゃんのところも大変だねぇ。だからといって僕の玲夜君はあげられないけどねー」

　千夜はそう言ってぎゅうっと玲夜に抱きつく。

「離してください」

「えー、やだー」

玲夜は逃げるタイミングが遅かったと、あきらめた顔をしている。

仲のいい親子で羨ましい限りだ。感心するとともに、ふたりのテンションの違いが如実に顔に表れていて、おもしろくもある。

だが、今気になるのは菜々子だ。

「菜々子様は……」

問いかけようとしたところで、柚子は言葉を止める。

他人が関わっていい問題ではないと思い直し、その先を続けられなかったのだ。

けれど興味は隠しきれておらず、そんな柚子の顔を見た撫子が苦笑いする。

撫子には珍しい表情だ。

「菜々子にはもともと別の婚約者がおったのじゃ。ごくごく普通の、菜々子と同じ人間のな」

「それって……」

だが今、菜々子は藤史郎と結婚している。

「藤史郎の花嫁だと判明し、その婚約は破談。そして藤史郎と結婚が決まったのじゃよ」

「つまり、藤史郎様との結婚は菜々子様の望んだものではなかったのですか？」

柚子はショックだった。婚約者のいる菜々子を横から奪い去るような望まぬ結婚を、撫子が許したということが。

花茶会を創設した撫子は花嫁の気持ちに誰より寄り添ってくれていると思っていたからこそ、無理強いされた結婚を反対してもらいたかった。

当主である撫子にはその力があるのだから。

やはり息子はかわいいから許してしまったのだろうかと、残念に思う気持ちが湧き上がる。

婚約者がいながら破談にされて、突然現れた男と結婚せざるを得なかったなんて……。

菜々子の気持ちを想像するだけで不憫でならないが、撫子はなんとも困った顔をした。

「恐らく柚子が考えておるような内容ではないので安心せい。むしろ菜々子は元婚約者との関係が破談になって喜んでおる」

「え？　どういうことですか？」

柚子が問うと、撫子はさらに困った顔で眉尻を下げた。

「素直になればいいものを、お互いが勘違いしておるせいでややこしくなっておる。

まったく、やれやれじゃな」

撫子は扱いに困ったようにため息をついた。

「ん？」

意味が分からず首をかしげる柚子。

沙良を見ると撫子と同じような顔をしていたので、恐らく事情を知っているのだろう。

けれど、この場で話すつもりはないようで、ふたりの話題はそこで強制的に切り上げられた。

柚子に残ったのは疑問だけである。

四章

パーティーから数日後。

「柚子様、お客様がお見えなのですが、どうされますか？」

雪乃《ゆきの》が来客を知らせに部屋にやってきた。

玲夜は仕事で不在、その間屋敷の決定権は柚子に委ねられている。けれど、今回のように柚子を訪ねてくる来訪者は滅多にいない。しかもなにやら雪乃はとても困った顔をしている。

「どなたですか？」

「それが……」

雪乃から聞かされた人物に、柚子は目を見張った。

急いで客間に向かうと、雪乃が伝えてくれた通り、菜々子の姿があった。

どうして菜々子が柚子を訪ねてくるのかと疑問ばかりが膨らむ。

「お待たせして申し訳ございません」

雪乃によると、菜々子はひとりでやってきたという。

花嫁であり、妖狐当主の長子の嫁がなんと不用心だろうか。護衛すらつけていないなどあり得ない。いったいどうやってここまでたどり着けたのか不思議だった。

柚子のように霊獣の協力があれば別だろうが、家を抜け出そうとしたらすぐに見つかるだろうに。

「いえ、こちらこそ急の来訪をお許しください」

菜々子は正座をしながら丁寧に一礼した。

「特に他の用があったわけではありませんので、お気になさらないでください。それよりも、どうかなされたのですか？」

菜々子とは決して親しい間柄というわけではない。柚子を訪ねてくる理由が思いつかないのだ。

ひょっとして本当は玲夜に用事があるのかと伝えてみる。

「玲夜は仕事ですので、玲夜に用事でしたら日を改めていただいた方がよろしいかと思いますよ」

「いえ、私が用があるのは柚子様でいらっしゃいます」

あっさりと否定される。

けれど、理由はまったくピンと来ない。

そもそも菜々子という人物をよく知らないのだから当然だ。菜々子と顔を合わせたのは花茶会と先日のパーティーの二回だけで、そのどちらも特別長く話をしたわけではない。

困惑が柚子の顔に表れている。

「どのようなご要件でしょうか？」

問うやいなや、菜々子は机を挟んで向かいに座る柚子の隣に移動し、畳に額を擦りつけんばかりに頭を下げた。

「お願いいたします！　私に神器をお貸しください！」

突然の行動に、柚子は呆気に取られた。

護衛としてついてきていた子鬼たちも、目をまん丸にして首をかしげる。

「あい？」

「あーい？」

「あの、菜々子様……」

菜々子がどうして神器を求めるのか疑問に思ったのは一瞬だけで、すぐに柚子の頭の中に藤史郎と言い合う姿が浮かんだ。

まさか……。

柚子は嫌な予感がするが、それ以外に菜々子が神器を求める理由がない。

「神の御許に返された神器を手に入れるには、神子であられる柚子様のお力添えがあれば可能だろうと、お義母様がお話しているのを耳にしたのです」

神器はそもそも初代花嫁、サクのために作られた道具だと神自身が話していた。

神器は神から烏羽家に託されたが、行方が分からなくなってしまう。

しかし神が柚子に神器を探すように願ったのは、烏羽家がちゃんと管理できなかったからというより、柚子にとって必要となったら使わせるためだ。

柚子自身は玲夜に使いたいとはまったく思わないが、柚子が望んだら貸してくれる可能性はある。

それなのに東吉から蛇塚に使いたいと願われた時に断ったのは、あやかしへの影響がどれほどあるのか分からなかったからだ。

あの後、玲夜に異変はないか聞いたが、今のところ特に変調はないようなので安堵した。けれど、蛇塚も同じとは限らない。

ただ玲夜の運がよかっただけかもしれないし、今後影響が出ないとも限らない。そんな状況で神器を使わせるわけにはいかないと、もう少し様子見するつもりであった。

もし問題がないようなら蛇塚の意志を確認しようと、透子と東吉とは密かに話をしている。

そんな神器を求める菜々子。

「神器をなににお使いになるつもりですか？」

ある程度予想しつつ問う柚子に、菜々子は一拍ためらいを見せてから、意を決したように口を開いた。

「藤史郎様に使うためです」

やはりといった回答だったので、柚子は驚かない。

「神器で藤史郎様の本能を消し去り、離婚しようと考えております。どうか、お力をお貸しください」

顔を上げて柚子を見るその目は、覚悟を決めた強い光を宿しており、そう簡単にあきらめてくれそうになかった。

そもそも、鬼龍院の嫁である柚子が狐雪の嫁である菜々子へ干渉するのは、後々一族間で問題が起きかねない。

「申し訳ありません、菜々子様。さすがに、私の一存では決めかねます」

困ったように眉尻を下げる柚子に、菜々子も最初から簡単に手を貸してくれると思っていなかったようで、あきらめず柚子に詰め寄る。

「そこをなんとか！　どうかお願いいたします！」

「お、落ち着いてください！」

柚子の腕を痛いほどに掴む菜々子は必死の形相で、なりふりかまっていられない余裕のなさがうかがえた。

そのせいか、ギリギリと腕に菜々子の爪が食い込んで痛みを感じ、柚子は顔をしかめる。

柚子の肩に乗っていた子鬼が危機を察して慌ててぴょんと飛び下りた。

「あいあい！」

「や－！」

柚子を守らんと、子鬼が菜々子の手に噛《か》みついた。

さすがに炎で攻撃するまでもないと思ったのか、人間相手なので手加減しようと思ったのか、噛みつくだけだったので柚子としてはほっとしたものの、ふたりに強く噛まれた菜々子はたまったものではない。

「痛っ！」

痛みを感じてぱっと柚子の手を離す菜々子から守るように、柚子の前に子鬼が仁王立ちする。その目は警戒心いっぱいに菜々子をにらみつけていた。

「あ……」

さらにはそれ以上近付いたら攻撃するぞと威嚇するように、その手に青い炎をまとわせてみせると、菜々子はようやく我に返ったらしく急激に勢いをなくす。そして、顔色を変えてすぐさま頭を下げた。

「申し訳ございません！　私……わた、し……」

ハラハラと菜々子の頬を涙が伝う。

柚子は少し迷った末、菜々子にハンカチを渡し、落ち着くのを待って優しく話しかけた。

「撫子様に連絡を取りますね。神器を貸していただくよう神様にお願いするかのお話はそれからにしましょう。さすがに私の一存では動けません。玲夜の意見も聞かないといけませんので。菜々子様はおひとりで抜け出してこられたのでは？　きっと撫子様も心配していますよ」

「藤史郎様には……」

不安そうに柚子の顔をうかがう菜々子。知らせてほしくないという気持ちはすぐに察せた。

「分かっています。撫子様にだけ来ていただけるように連絡しますので安心してください」

「はい……。ありがとうございます……」

菜々子はゆっくりと頷いた。

柚子はすぐに撫子に連絡を取り、菜々子がこちらに来ている旨を電話で伝えた。

『そうかえ。柚子には面倒をかけるのう。すぐに参るゆえ、もうしばし菜々子を頼んだぞ』

声からするとあまり驚いていない様子だった。もしかしてと、柚子は思う。

あの屋敷には柚子の住まう屋敷のように結界が張られている。

玲夜も結界内の状況は分かるらしいので、菜々子が屋敷を抜け出したことも撫子は知っていて見逃したのかもしれない。

それならば、恐らく護衛もつけていたはず。

ちゃんと安全が守られている状態だったと知り、柚子も気が抜けた。

撫子はすぐやってくるらしいので、柚子もまた玲夜に事と次第を連絡すると、すぐに戻るとのことだった。

さすがに問題が問題なので柚子ひとりでは手に余る。仕事の邪魔をするのは申し訳なかったが、帰ってきてくれるのはありがたかった。

そして、一時間もしないうちに玲夜と撫子がそろって話し合いが始まる。

「まったく、そちは大人しいかと思えば行動的だったりと忙しないのう」

そう言って、肩を落とす菜々子の背を撫でる撫子の目は、慈愛に満ちていた。

威厳ある当主ではない、親が子に向ける柔らかな表情に、菜々子の涙腺も緩んでいく。

どうやら嫁姑《しゅうとめ》問題とは無縁な仲のようだ。

「お義母様……」

「あの藤史郎の目をかいくぐり、屋敷を抜け出したのは褒めて遣わすぞ。今頃そちの不在に気付いて慌てふためいているじゃろうて。愉快愉快」

扇を開いて「ほっほっほっ」と実に楽しそうに笑う。

そんな中で、玲夜だけは不機嫌マックス状態なのがありありと分かる。

今にも魔王が降臨しようとしているのだが、ヒヤヒヤしているのは柚子だけだ。撫子は玲夜を怖がりはしないし、菜々子はそれどころではないので玲夜の方を見てすらいない。

玲夜としては柚子を巻き込んだのが許せず苛立たしげだが、菜々子が落ち着くまではと自制しているようだ。

早く話を終わらせろと言わんばかりの空気を怖いほど全身から発しているのに、撫子は無視して菜々子に声をかける。

「藤史郎と別れたいかえ？」

叱るわけでも責めるわけでもない、ただ事実だけを問う声に、菜々子はビクリと反応する。

「私は……もう無理です。無駄な期待をしてあの人のそばにいるなんて苦しい。あの人は私が本当に好きなわけじゃないんです。花嫁じゃなかったら私なんて視界の端にも留めない……」

菜々子は苦しそうに、胸の痛みを訴えるように続ける。

「最初はそれでもいいと割り切っていました。花嫁だからだとしても、おそばにいられるならと。けれど……。私でなくともいいんだと、それが別の誰かだったとしても花嫁ならあの人は関係なく受け入れるのだと想像すると、自分の価値がなんなのか分からなくなったんです」

菜々子はあふれる涙を隠すように両手で顔を覆う。

話を聞いていた柚子に疑問が浮かぶ。

菜々子の言う『あの人』が藤史郎を指すと分からないほど、柚子も鈍くはない。

「菜々子様は藤史郎様がお好きなのですか？」

思わず口から出てしまってから、踏み込みすぎたかと柚子は後悔する。だが、自分は決して無関係ではないと考え直す。

現在進行形で巻き込まれているのだから、口を出す権利はあるはずだ。開き直って問いただす。

「おふたりの様子を見ていると、かなり険悪なように見えました。それに、今も神器の力で離婚しようと考えていらっしゃるようですし」

「………」

菜々子は口を開こうとして閉じる。

沈黙が続く中で、ようやく菜々子がつぶやいた。

「お慕いしております……」

「ですが、菜々子様には婚約者がいらしたと聞きました。けれど、藤史郎様の花嫁に選ばれて破談になったと」

撫子自身がそう話していたので間違っていないはずだ。

その話だけを聞いていると、藤史郎は婚約者の仲を引き裂いた悪で、菜々子は悪に捕らわれた悲劇のヒロインのようである。

しかし、菜々子の話を聞いているとどうも違うらしい。

そのあたりの詳細をしっかり確認しておかなければ、柚子もどう動いていいのか分からないので、遠慮という言葉を投げ捨てて問いかける。

「違うのですか？」

柚子が問うと、菜々子は寂しげな眼差しで思いの丈を打ち明ける。

「私には確かに婚約者がおりました。しかし、その婚約者はあくまで親が決めた愛のない相手でした」

政略結婚ということだろう。相手が親によって決められるなど、菜々子はそれなりにいい家柄の生まれだったのかもしれない。

「私が恋焦がれたのは、後にも先にも藤史郎様だけです」

「だったら、どうして神器を使おうなどと思ったんですか？　そんなことをしたら……」

「本能をなくしてしまうというのでしょう？　だからこそです」

菜々子は柚子の言葉を遮って続ける。

「藤史郎様が私を選んだのは花嫁だからであって、私自身にはなんの価値もないのだと……」

話すに従い沈む声。まるでそんな風に誰かに言われたかのような言い方だ。

それは撫子もすぐに気がついたらしい。

「誰ぞ、そちにそのようなことを言いおった者がおるのかえ？」

撫子の目が剣呑《けんのん》に光る。

「……藤史郎様の元婚約者の方が」

菜々子は言いづらそうに口にした瞬間、撫子の口角が上がる。

それは決して喜んでいるわけでも嬉しいわけでもなく、静かな怒りを感じる笑みで、柚子は背筋がヒヤリとした。

「オコだ」

「うん、激オコだ」

子鬼が柚子の耳のそばでヒソヒソと会話している。

恐らく撫子には聞こえているので、柚子は咄嗟《とっさ》に「子鬼ちゃん、しっ！」と口に指を当てる。

すると子鬼たちはかわいらしい両の手のひらで口を押さえて黙った。

「もう私は自信がないのです。あの人の隣に立つ自信が……。あの人は花嫁であるなら私でなくともよいのです。せめて花嫁として力のあるお子を授かれたらよかったのですが、それすらできない役立たず。あの人になにもしてあげられない。愛しているからこそ、藤史郎様のそばにいるのが辛いんです……」

そう嘆く菜々子。

柚子も何度も感じた覚えがある葛藤だ。もしも自分が花嫁でなかったら、玲夜は己を好きになっただろうかと。

けれど、玲夜は本能をなくしても柚子を選んだ。

柚子が見上げると視線が合い、玲夜は優しく微笑む。

たまらずそっと玲夜の手を握ると、力強く握り返され、その温もりが確かな絆《きずな》がここにあると教えてくれる。

けれど、菜々子はその絆を藤史郎に感じられないようだ。

「撫子様」

柚子はどうするべきかと問うように、名前を呼んだ。

自信を喪失している者の気持ちを浮上させるのは簡単なことではない。撫子も少し迷っているようだ。

どんな判断するのか待っていると、撫子がパチンと扇を閉じる。

「菜々子を追い詰めた身の程知らずは後で処理をするとして……」

なにげに怖いことを言っているが、今は無視をするに限る。

菜々子へ余計な言葉を投げつけた藤史郎の元婚約者とやらは、のちのち相応の罰を受けるのだろう。

それは柚子には関わりがないので、聞き流す。柚子にはどうしようもないのだから。

「柚子や」

撫子は柚子に目を向けた。

「はい」

「すまぬが、どうか力を貸しておくれ」

「神器、ですよね？」

そう口にすると、撫子はこくりと頷く。

「あのお方に神器を貸していただけないか頼めるのは柚子だけじゃ」

「ですが、あれは使うとあやかしにどんな影響が出るか分からない代物です。だから私も友人に使うのをためらっているぐらいなので……」

柚子の言葉を聞いた菜々子がはっとして上げた顔が強ばる。

「神器を使うと影響があるのですか？」

どうやらそこまでは菜々子も知らなかったようだ。まあ、撫子にも話していないことだったので当然ではある。

「そう聞いています。ただ、今のところ玲夜はなんともないようです。ね？」

確認するように玲夜に目を向けると、玲夜は腕を組み、『自分は機嫌が悪いです』と周りに訴えかけるような表情のまま静かに頷く。

その顔からは『早く帰れ』という副音声が聞こえてきそうだ。

「そんな……」

玲夜はなんともないと聞いても、リスクがあると聞かされてはためらいの方が先に立つようだ。

菜々子は愛がなく藤史郎から離れたいわけではない。逆だからこそ、影響があると言われてしまえば抵抗感を持つのは当然だ。

むしろそこで、遠慮なく使おうとするような人の助けを柚子はしたくない。

だからこそ、迷う菜々子に安心する。

「どうされますか、菜々子様？」

「あの、それは……」

菜々子はすぐに答えを出せないでいる。

相手を愛しているからこそのためらい。その様子を見ていた柚子は、一度話し合った方がいいのではないだろうかと思った。

そう菜々子に提案しようとした時、柚子の足をふわりとしたものが撫でた。

ぱっと視線を下に向ければ、それはみるくだった。

「みるく？」

「にゃーん」

頭をスリスリとこすりつけてくるみるくの頭を撫でると、トコトコとまろがやってきた。その口にはなにか咥《くわ》えている。

「まろ？　それなに？」

まろは柚子の前にそれを置いた。

手に取った柚子は驚きで目を見張る。それは短剣だった。

「ちょっと、これ神器じゃない!?」

柚子の大きな声に、短剣へ視線が集まる。

「どうしたの、これ？」

「アオーン」

まろの言葉が分からないが、なにやら得意げな様子だけは伝わってきた。

「もしかして神様のところから勝手に持ってきちゃったの？」

それはマズいと慌てる柚子だったが、ぴょんと子鬼がまろの前に立つと会話を始める。

「あいあい」

「やー」

「ニャウン」

「アオーン」

まったく理解できないそのやりとりを見ていることしかできない柚子は、話が終わるのを静かに待つ。

しばらくして、子鬼が柚子と視線を合わせるために机の上に立つと、まろとみるくの会話の内容を教えてくれる。

「まろがね、神様から借りてきたって」

「神様が貸してくれたの？」

驚く柚子。今現在のやりとりを神は知っているということなのか。

「もともとサクをあやかしの執着から逃すための道具だから、柚子が望むなら好きに使っていいって」

「でも、影響は当然あるんでしょう？」

「んー……」

子鬼はまたもやまろと話を始め、すぐに戻ってくる。

こうして翻訳してくれる子鬼がいるのは本当に助かる。さすがの柚子も猫語は分からない。

けれど、返ってきた答えは曖昧なものだった。

「影響があるかもしれないし、ないかもしれないって」

「曖昧なのが一番困るんだけど……」

「やってみたら分かるって」

「なにその博打は」

柚子は頭が痛くなってきてこめかみを押さえた。

なぜ神様が分からないのか。本人の前で怒鳴りたい衝動に駆られる。

柚子は短剣を手に持ち、じっと見つめた。

一見するとただの短剣だが、神子の力を持つ柚子からすると神様と同じ清浄な力を感じられる。どうやら間違いなく神器のようだ。

「本物みたい」

柚子は玲夜の方を向いて困った顔をする。

「どうしよう？」

「俺に聞かれてもな」

扱いに困るのは玲夜も同じらしい。

「神様のところにお願いしに行く手間は省けたけど……」

柚子は玲夜から菜々子へと視線を移す。

菜々子の目線は短剣に釘付けとなっている。

「撫子様、どうされますか？」

「そうじゃのう。やはり使うにしろ、きちんと夫婦での話し合いは必須であろうて」

「えっ！」

菜々子は驚いているが、柚子もその方がいいと感じているので全面的に撫子に同意である。

「若よ、ここに藤史郎を呼んでもよいかえ？」

撫子は玲夜におうかがいを立てているものの、決定事項を告げるように有無を言わさぬ圧を感じる。

「話し合いならば自分の屋敷ですればいいだろ」

「柚子を連れていってもよいのなら」

「いいわけないだろう」

ムスッとした玲夜を見れば、どちらに軍配が上がったかは言わずとも知れる。

息子も花嫁を選んだからか、撫子は玲夜の扱いを熟知していた。

「では、ここで話し合うしかあるまいな。藤史郎を呼ぶとしよう」

玲夜を言いくるめるなど、やはり経験値の差だろうか。千夜と沙良以外で、ここまで玲夜を思い通りに動かせる者も少ない。

しばらくして、藤史郎が屋敷を訪れた。それはもう血相を変えて。

「菜々子！」

玲夜の屋敷であるのも忘れ、菜々子以外目に入っていない藤史郎に、撫子の扇が投げつけられる。

それをなんなく受け止めた藤史郎は、ようやく菜々子以外の存在に気がついたようだ。そして、なぜか撫子をにらみつける。

「母上、また菜々子によからぬことを吹き込んだのですか⁉」

はなから喧嘩腰の藤史郎に、撫子はその美しい目を細め、ふんっと鼻を鳴らす。

「愚か者め。わらわはそなたの尻拭いをしているにすぎん。わらわを責めるより先に己を責め、菜々子に誠意を見せぬか！」

撫子の一喝が部屋に響く。

だが、藤史郎は撫子の怒りの理由を理解していないようだ。

「俺のなにが悪いというのですか？」

「それすら分かっておらぬのが問題なのじゃ、たわけ者！」

そう言って、撫子は柚子から渡されていた神器を藤史郎の前にすっと置く。

訝しげな表情の藤史郎は、それがなにか分かっていない。

「それは先日のパーティーでも話された、あやかしの本能を奪う神器じゃ」

驚くかと思いきや、あまり神器という代物を信じていないようで、感情の起伏は見られない。

「これがどうしたというのですか？」

「菜々子はそれで、そちの本能を奪い、離婚しようと考えておる」

「なっ！」

ようやく顔色を変える藤史郎。普段はクールなのに花嫁のことになると熱くなるのは、玲夜に似たところがある。

それだけ、あやかしにとって花嫁とは絶対的な存在なのだ。

「藤史郎よ、そちはなにをしておるのじゃ？　菜々子と結婚して何年も経つ。その間、菜々子に寄り添ったことはあるかえ？　自分の想いをきちんと言葉にしたのか？」

「母上には関係ないでしょう」

「それならばそれでよい。だが、このままでは、そちは永久に菜々子を失う事態になるぞ。その覚悟があるなら、母の戯言と思うて切り捨てるがよい。しかし……、もしも菜々子と生きていきたいのならそこへ座れ」

毅然とした撫子の言葉。一族の当主である前に、藤史郎の母としての厳しさが表れている。

藤史郎はしぶしぶという様子で座った。

「菜々子、わらわが言うてよいかえ？　それとも、そち自身が話すか？」

「お義母様にお願いします。私だとどうしても意地を張ってしまいます。怒鳴り合って、いつもまともな話し合いにならなくなるので」

「それもそうじゃのう」

撫子は納得して、己の息子へと厳しい目を向けた。

そこにある威圧感はさすが一族をまとめる当主である。

「菜々子はな、ずっと悩んでおったのじゃ」

「なにをです？　そもそもどうしてそれを母上は知っていて俺には伝えないのですか！　菜々子は俺の花嫁です。話すなら俺が先でしょう！」

まさに激昂《げっこう》。撫子に対してそのような態度を取れるのは息子だからか、花嫁に執着しているからなのか……。

「そうやって怒るから菜々子も意地を張ってしまうのじゃと、いい加減理解せぬか、馬鹿者！」

先ほど投げつけたのとは別の扇が袖から出てきて、藤史郎に向け再び投げられる。

これまた受け止められ、撫子は「ちっ」と舌打ちをした。

「そちは菜々子を愛しているか？」

「そんなの当然でしょう。聞くまでもない質問です」

「それは花嫁だからか？　菜々子だからか？」

「え？」

藤史郎の表情が変わる。質問の意味が分からないというように。

「菜々子は花嫁であり、俺の花嫁は菜々子だけです」

「あやかしの本能をなくしても、それが言えるのかえ？」

「いったいなにをおっしゃりたいのですか!?　はっきりとしてください！」

「それなら遠慮なく言わせてもらうが、そちは菜々子の夫としては失格じゃ！　若の爪の垢《あか》を煎じて飲ませてもらうがよい。それほど絶望的に夫として不足しておる。そのせいでどれだけ菜々子が傷ついているか、そちは知りもしないのであろう」

藤史郎から感じるのは困惑。どうして撫子がここまで怒っているかも分からないのだ。

「菜々子はずっとそちの花嫁として価値はないと自責の念にかられておったのじゃ。わらわもこの件についてはさっき初めて知ったのじゃが、そちの元婚約者に、花嫁であること以外に価値のない人間だと嫌みを受けておったようじゃ」

「なっ！　本当なのか、菜々子？」

菜々子はそっと視線を俯けた。返答はないが、それが返事のようなものだった。

藤史郎はすっと立ち上がり、部屋を出ていこうとする。

「待て、どこへ行くのじゃ？」

「俺の菜々子を傷つけたそいつを消してきます」

「それは後にせい。今は菜々子の方が大事じゃ」

「確かにそうですね」

素直に座り直した藤史郎に、柚子は複雑な表情を浮かべた。

「あれ？　なんか、デジャブ？　似たようなやりとりを日々よく目にしてる気がするんだけど……」

「玲夜だねー」

「うん、玲夜も柚子のことになるとあんな感じになる〜」

子鬼たちの言う通り、菜々子へ向ける藤史郎の態度が玲夜そのものなのである。

「ねえ、玲夜。なんか、私たち必要だった？　神器がなくても収まりそうな気がするんだけど……」

「だから話し合いはよそでしろと言ったんだ」

玲夜は面倒くさそうな顔で、正直興味もないらしい。苛立ちを吐き出すようにため息をついている。

その間にも続く話し合い。藤史郎に菜々子の花嫁としての葛藤が伝えられた。

　それに対し、藤史郎は反射的に否定する。

「そんなわけがないだろう！　確かに始まりは花嫁だったからかもしれない。けれど、誰でもいいわけがあるか！」

「だったらどうして『愛してる』のひと言も口にしてくれないの？　いつもいつも、あなたは私を花嫁だからと縛りつけようとするじゃない。花茶会に参加することすら嫌がって」

「それは、心配だからだ。自分の目の届かないところに行ってしまわないか不安で仕方ないんだ。なのに、まさか花嫁としての価値だなんてそんな無意味なことを気にしているだなんて……」

「無意味じゃないわ！　どうしたって花嫁は人間だから、あやかしの中じゃよそ者なの。恩恵を一族に与えてから、やっと一族の一員として認められるのよ。子供がなかなかできなくて、どれだけ悩んだか。周りからもたくさん嫌みを言われてきたんですから」

　すると、藤史郎の目がうろたえるようにさまよう。

　なにかあるなと気付いたのは柚子だけではない。

「藤史郎よ、なにか理由があるのかえ？」

「それは……」

一度口を閉ざした藤史郎は、観念して話す。

「子供は、菜々子が俺を好きになってくれるまで待つつもりでいたんだ。それに、まだしばらくはふたりだけの時間を過ごしたくて……」

「え？」

予想外の理由に、菜々子が目を丸くし呆気にとられている。

このふたり、誰がどう見ても相思相愛ではないだろうか。

「どうして……」

「当たり前だろう。愛しているからだ。花嫁だからじゃなく、菜々子だから。この間のパーティーでも、菜々子と仲よく話す沙良様に嫉妬するぐらいに。……だが、そんな言い訳をしても、信じてはくれないのだろ。それならば――」

覚悟を決めたように神器を手にすると、藤史郎は迷いなく自分の胸に短剣を突き立てた。

それは柚子たちが止める間もないほどあっという間の出来事で、藤史郎はそのままばたりと倒れてしまう。

さすがに興味なくこの場にいるだけでしかなかった玲夜も、慌てて立ち上がる。

「藤史郎様！」

菜々子が今にも泣きそうな顔で、藤史郎の体にすがりつく。

けれど、藤史郎はピクリともしない。

そんな中で、柚子は比較的冷静だった。玲夜で一度経験済みだったというのもある。

藤史郎から短剣をゆっくりと引き抜いた。

体に深く刺さっていたはずなのに、玲夜の時と同じく、血も出ていなければ傷口もない。

「大丈夫です。きっとしばらくしたら目を覚ますと思います。けれど、念のために、玲夜お願い」

玲夜はこくりと頷き、少しの間沈黙が続く。そして……。

「今、家の者を呼んだ。すぐに来るだろう。医師の手配も念のためにしておいた」

恐らく念話で屋敷の者に伝えたのだろう。

この玲夜の結界内であれば、玲夜は使用人たちに意思を伝えることができるから。

淡々と話す玲夜も、さすがに目の前で倒れられて放置してはおけないようだ。

「手間をかけさせてすまぬのう、若」

息子が短剣を自ら突き刺したというのに、撫子は取り乱すでもなく落ち着いている。

いや、この状況を楽しんでいるようにすら見える。

「これは貸しひとつだぞ……」

「分かっておるよ。柚子に貸しひとつじゃ」

「…………」

「…………」

玲夜と撫子、ふたりの間に見えない火花が散った気がした。


数日して回復した藤史郎からはあやかしの本能はなくなっていたと、玲夜の屋敷に報告に来た撫子が教えてくれた。

しかし、変わらず菜々子を愛していると告げたらしい。

藤史郎は、菜々子が元婚約者をずっと好いているものと勘違いしていたようだ。

けれど、菜々子の親は藤史郎の方が家の利になると考え、それまでの婚約を破談にした。そんな権力にものを言わせたやり方に、菜々子は自分を恨んでいるはず。

そう藤史郎は思っていたそうだ。

だからこそ、いつか菜々子が愛情を持ってくれるまで待つつもりでいたのだが、あやかしの本能というものは本当に厄介で、嫌でも菜々子へ執着してしまう。

菜々子から好かれていると思っていないからこそ、菜々子が逃げてしまうのではないかと恐怖にかられて余計に執着心を深める結果となり、それは菜々子の反発心を刺激するという悪循環をもたらした。

最初から大きなすれ違いを起こしていたのだ。

けれど、今回の一件で藤史郎も素直に心の内をさらけ出し、菜々子も本能がなくても愛していると告げた藤史郎への想いに自信を持てるようになれた。

関係が修復されて、仲よく手をつないで感謝と謝罪の両方を伝えに来た藤史郎と菜々子の間には、新婚夫婦のような初々しい雰囲気が漂っている。

本能で花嫁を決めるあやかしだが、決して全員が本能をなくしたら花嫁への興味も愛情もなくなるわけではないのだと分かって嬉しくなる柚子だった。だが……。

「まったくの茶番だな。こんなものに付き合わされる方の身になってほしいものだ」

玲夜の愚痴は次々とあふれ出てなかなか止まらない。

柚子も否定しきれないので非常に困っている。

菜々子が訪れた当初は深刻な空気だったというのに、途中からただの惚気を聞かされているような気になっていた。いや、あれは実際に惚気でしかなかった。

夫婦喧嘩は犬も食わない。

今回の問題を表すとしたら、このひと言に限るだろう。

「撫子様。私、必要でしたか？」

柚子がいなくともなんとかなった気がしてならないのだ。

「もちろんじゃ。第三者を挟みでもせん限り、藤史郎の奴はすぐに逃げおるからのう。多少のショック療法は必要じゃと考えて、神器を貸してもらおうとしたのじゃ。使うつもりはなく、チラつかせるだけでなんとかなるだろうと思ったのに、まさか自分で自分を刺すとは。我が子ながら阿呆《あほう》すぎてわらわは泣きそうじゃ」

実際は泣くどころか笑いをこらえている。だがまあ、撫子も肩の荷が下りたように晴れやかな顔をしている。

「終わりよければなんとやらですね」

柚子はそう思ったが、最後まで玲夜は不満そうであった。

五章

撫子が報告に来たついでに、まろが持ってきた神器を神に返すために一龍斎の元屋敷にやってきた。

何度も通っている柚子は社へ迷わず向かうと、うっそうと茂る草木が柚子を迎え入れるように道を開けていく。

もう見慣れてしまった光景なために、驚きはいっさいない。

ここはこういう場所だと受け入れているが、それは柚子だけ。柚子の後ろからついてくる玲夜は眉間に皺を寄せており、撫子は興味深そうに見ている。

ふたりは最初にこの屋敷を訪れて以来の訪問なので、その反応はおかしいものではなかった。

「ほんに、柚子の神子の力はすごいのう」

そう、撫子は感心した様子で柚子の後に続いて歩いている。

撫子に褒められるのはなんだかくすぐったい柚子は苦笑する。

「撫子様や玲夜ほどではないと思いますけど……」

あやかしの中でもトップクラスの強い霊力を持つふたりは、これどころではない不可思議な力を使うのだ。

子鬼や紙から変身する狐《きつね》だとかを作ってしまうのだから、柚子からしたらそちらの方がずっとすごい。

柚子が導かれるように社へと到着すると、待っていましたとばかりに周囲の木々が満開の桜へと変わる。

その幻想的な光景に目を丸くする玲夜と撫子は、驚きを隠せない様子で周囲を見回していた。

突然季節外れの桜が咲き誇るのだ。柚子は何度か経験しているが、初めての時を思い出すと、初見のふたりの気持ちはよく分かる。

桜吹雪が集まり神の姿を象っていく。

「おお……」

神とは初対面の撫子が感激したように声を漏らし、両手で口元を覆う。

「ほんに嬉しや。尊きお方の姿をこの目に映すことが叶うなど、夢にも思わなんだ。過去の当主たちに妬まれてしまいそうじゃ」

そう口にしながら、着物が汚れるのも気にせずその場に跪《ひざまず》く撫子に、神は目を向けた。

『お前が狐雪家の現当主か』

「狐雪撫子と申します」

『ふむ、撫子か。分霊した社を狐雪の当主たちが代々大事に守ってきた歴史は、きちんと私に伝わっている。お前たちの変わらぬ信仰心に礼を言おう』

「もったいなきお言葉です」

あの撫子が平伏する様を眺めていると、柚子も同じようにした方がいいのではないかと思えてきたが、玲夜が神に近付かないように柚子の腰を捕まえているので身動きが取れない。

すると、撫子との会話を終えた神の目が玲夜に向けられた。途端に警戒心をあらわにする玲夜は、親の仇をにらむかのように眼差しが鋭い。

柚子は神の機嫌を損ねやしないかとハラハラとした。

玲夜の敵意も意に介さないように、神はふんと鼻を鳴らし口角を上げる。

『神器を使ってもなお想いは変わらぬか。まったく、独占欲の強さはサクの夫と同じだな。気に食わん』

「気に食わなかろうがどうでもいい。柚子に迷惑をかけさえしなければな」

『私がいつ迷惑をかけた？』

首をかしげる神は本当に分かっていないようで、玲夜のこめかみに青筋が浮かぶ。

すると、神器を持ったまろがトコトコと歩いていき、神の前にそっと置く。

神器は宙に浮かび、光を放ったかと思うとすっと消えていった。

「ふわぁ……」

一瞬ではあったが、周囲の桜と相まって、より幻想的な美しさを作り出し、思わず柚子は声が出た。

そんな柚子の反応が愛らしいというような表情の神。

『サクのために作った神器だが、きっと奴も神器をものともせず、サクへの想いを貫き通したのであろうな』

懐かしがる神は、ここではないどこか遠くを見ている。それはきっと、サクが元気に生きていた頃なのかもしれない。

ゆっくりと目を閉じ、そしてまたゆっくりと目を開くと、神は柚子を見据える。

『私の柚子。その男が嫌になったら私のもとへ来なさい。その男を消してでも必ず助けるからな』

千夜と同じようなことを言っている。

「だ、大丈夫です！　ご心配には及びませんから！」

まったく冗談に聞こえず、柚子は口元を引きつらせながら全力で拒否した。

『しかし、人の心など移ろいやすいもの。絶対とは言えないのだから、気にせず私を頼るといい』

「いや、あの……」

神の機嫌を損ねないようにここは肯定すべきか……。

しかし、ここで肯定したら、後で絶対に玲夜が面倒くさいことになるのは間違いなく、結局否定も肯定もできずにいると、横から玲夜が柚子を抱きしめる。

そして、鋭く切れ味抜群の眼差しで神をにらみつけた。

正直、この時点で神の不興を買ってもおかしくはないのだが、神は寛容だった。少なくとも玲夜よりは……。

「柚子は俺のだ。この先も一生な。絶対に誰にも渡しはしない」

神が先ほど『絶対とは言えない』と口にしたのを全否定する形だ。

神を威嚇しまくりの玲夜に、撫子はかなり不満げである。

「若よ、無礼ではないかえ？」

「これまでしてきたことを思えば当然の反応だ」

「至高なる神であるぞ」

いつもの撫子なら玲夜の傲慢にも見える態度も笑って済ませるだろうに、神へ対してとなると、話は変わってくるのかもしれない。

「知らん。柚子にとって有益か不利益かが問題だ」

ふたりのやり取り——特に玲夜の態度を見ていた神はさらに火に油を注ぐようなことを柚子に言う。

『柚子、本当にこの男でいいのか？　今ならまだ間に合うと思うが？』

「なんだと」

これは放置できない空気だと察した柚子が口を開く前に、子鬼が前に出てぴょんぴょん跳ねる。

「ああの……っ」

「あーい」

「あいあい！」

神の注目が子鬼へと向けられる。

『ふむ。お前たちは柚子のために作られた使役獣だな』

「あい！」

「やー！」

子鬼が元気よく手を挙げて挨拶をする。

『だが、柚子を守るには少々力不足だ』

神のその言葉に、ふたりの子鬼はがーんとショックを受けている。

そこらのあやかしを倒してしまうほどの力を持っているのに、弱いと言われては悲しいだろう。

『霊獣たちに力を分け与えられたようだが、柚子を守りたいならその程度で満足していてはならんぞ』

そう諭されるが、子鬼たちはどうやって力をつけていいか分からず腕を組み悩んでいる。その様子を見ながら、少し考え込んでいた神はなにか閃《ひらめ》いたようだ。

『よし、私からお前たちに名をやろう』

「あい？」

「あい？」

子鬼がそろってこてんと首をかしげる。

「どうして名前をつける流れになるんですか？」

弱さと名前のつながりが分からず柚子が問う。

『名とは個を表すもの。このふたりにはまだ決まった名前がないのだろう？』

「はい」

これまで柚子は子鬼ふたりを一緒くたに考えていた。

ふたりでひとり。ひとりはふたり。そこに差をつけていなかった。

だからこそ名前をつけずに『子鬼ちゃん』とまとめて呼んでいたのだ。

以前から、透子を始め友人たちなどに子鬼に名前をつけないのかとよく聞かれてはいた。

しかし、どうにもピンとこなかったため、そのままになってしまっていたのだ。

子鬼も特に気にしている様子はなかったので、問題ないと思っていたが、よくよく考えると、まろとみるくに名前をつけたように子鬼にも名前は必要だったのかもしれない。

『生き物にとって名は重要なもの。名を持つことで世界に個を認められる。そのように大事な名を神から与えられれば、名前自体が力を持つ。それはこの子らの力をより強力なものとするだろう。どうだ？　お前たちは名が欲しいか？』

「柚子のためになる？」

「なる？」

『当然だ。今よりもっと柚子の力となるであろう。どうだ、名を欲するか？』

神の言葉を聞いた子鬼たちは目をキラキラと輝かせながら、寸分の互いもなく同時に手を挙げ返事をした。

「あい！」

「あい！」

『よかろう。ではお前たちには「蒼」の文字をやる』

そう言って神はなにもない宙に指を動かすと、光の筋が走り『蒼』という文字を描いた。

子鬼は物珍しそうに口を開けたまま驚いている。

『お前がアオで、お前がソウだ』

神は黒髪の子鬼を指差し、『アオ』と告げ、次に白髪の子鬼を指差して『ソウ』と告げた。

『青い炎を使う鬼の使役獣。お前たちの使う炎の色は〝青〟というよりは〝蒼《あお》〟だな。だからこそ、ふたりで生まれたお前たちにはこの字を分かつのがふさわしい』

言われてみると、確かに玲夜の青い炎と、子鬼たちが使う炎は同じ青色でも少し違う。

『どうだ？』

「ありがとうございます！」

「ありがとうございます！」

子鬼は満面の笑みで神にぺこりとお辞儀した。

ふたりの嬉しそうな反応に、神もまんざらでもなさそうな顔で頷く。

「柚子〜、今日から僕はアオ〜」

「僕はソウ〜」

ご機嫌で駆け寄ってくる子鬼は名前がついて本当に嬉しそうにしている。

その様子を見ていると柚子も嬉しくなってきたと同時に、やはり名前は必要だったのだなと反省する。

なんだかんだ子鬼をかわいがっている玲夜も喜んでいるのではないかと振り返ると、玲夜はこめかみを押さえ難しい顔をしていた。

そして、玲夜だけでなく撫子もどこか様子がおかしい。

「若よ。これは大丈夫なのかえ？」

「今さら言っても遅いだろう」

「もはや使い魔の枠をはみ出して、霊獣と同等の力を持っていそうなのじゃが……」

「柚子の害にならないなら問題はない。……が、父さんに要相談だ」

撫子はこくりと頷き、「それがよかろうて」と、憐れみを含んだ眼差しを玲夜に向けている。

喜んでいる子鬼をよそに困った顔をしている玲夜と撫子を見て、柚子は不思議そうに首をかしげるのだった。

『あともうひとつ、渡すものがある』

すると、神の目の前に、淡く光るモヤのようなものが出現した。

「今度はなんだ？」

玲夜はやや警戒しつつ、柚子を決して離さない。

「そのモヤはなんですか？」

柚子の疑問の言葉に、神はどこか満足げにしている。まるで柚子にそれが見えているのが嬉しいというように。

「モヤ？」

柚子の問いかけに対して、玲夜は不思議そうにしている。どうやら玲夜にはそれが見えていないらしい。

「神様の目の前に光るモヤが見えない？」

「いや」

玲夜は柚子の視線をたどるも、やはり見えないようで訝しげな顔をする。

ならばと撫子に目を向けるが、撫子も分からない様子。

「わらわにも見えぬ」

「私だけ？」

『柚子が神子の素質があるから見えるのだ』

「そうなんですか」

力のある玲夜と撫子にも見えないものが自分には見えるというのがなんとも不思議だ。

だが、それよりそのモヤがなんなのか気になった。

モヤに対する柚子の問いかけに答えるより先に、そのモヤは玲夜に向かってぶつかると、そのまま玲夜の体に吸収されるように消えていった。

「えっ！」

驚く柚子。玲夜自身もなにか変化を感じ取ったのか、柚子を離し己の胸に触れている。

「玲夜、大丈夫!?」

「あ、ああ。なんともないが、なにか……」

柚子は勢いよく神を振り返った。

「玲夜になにをしたんですか!?」

さすがに神であろうと玲夜に害をなすのは無視できないと、柚子は精いっぱいの意志を込めた眼差しでにらみつける。

しかし、柚子のにらみなど神の前ではなんの意味もなく、むしろ小さく笑われてしまった。

『なにもしていない。あえて言うなら、その男の失われた本能を返しただけだ』

「え、本能を返した……？」

一瞬理解が追いつかなかった柚子。

次に思ったのは、玲夜も撫子も考えたのと同じことだ。

「本能って返せるんですか？」

『ああ、神器によって感覚を奪っただけで、柚子が花嫁でなくなったわけでも、その男があやかしでなくなったわけでもないからな。そもそも神器は私の力で作られたものなのだから、その神器で奪ったものは当然私がどうにでもできる』

「え……」

なんとも言えぬ複雑な感情が生まれる。

玲夜が本能を失ったと知り絶望感でいっぱいだったというのに、簡単に返せるなら、その時教えてくれていればいいのにと、柚子はじとっとした恨めしげな目を神に向けた。

『柚子、そのような目を私に向けるでない。私は戻せないとはひと言も言っていなかっただろう？』

「そ、それはそうですけど……。けどぉぉ」

言葉で表現できないモヤモヤが柚子の中で渦巻き、頭を抱える。

「どうして急に返した？」

玲夜が疑念でいっぱいの目を向けると、神の後ろからひょこっと龍が姿を見せた。

『我がお願いしておいたのだ』

「どういうこと？　というか、いつの間にそこにいたの」

柚子は龍がここにいることに驚いたが、玲夜の問題の方が先だと龍を問い詰める。

『前にお前たちが言っておったであろう？　本能をなくしたせいで柚子と別れさせようとする輩がいるとな』

「ああ」

不機嫌な顔をしながら玲夜は肯定する。柚子を非難する者たちの姿でも思い浮かべているのだろう。

『本能がないのが問題ならば、本能を元に戻せば万事解決！　ということで、我が戻していただくようお願いしておいたのだ』

カッカッカッとドヤ顔で胸を張る龍に殺意が湧く柚子。

「だったらどうして最初から戻してくれないの⁉　そうしたらあんなに悩まかったのに。あの時、玲夜との離婚も覚悟してたんだからっ」

つまり柚子の葛藤は無駄だったということだ。

『だが、本能がなくても、そやつは変わらず柚子を愛しておると分かったのだから、よいのではないか？』

「う……」

それを言われてしまうと、柚子も反論できない。その一件によって玲夜との絆が深まったのは事実である。

だがしかし、なんだか釈然としない。

「うぅ……」

柚子は玲夜に抱きつくことで、怒りを抑え込む。

少しして落ち着くと、柚子ははっとする。

「それなら藤史郎様の本能も返してくれますか？」

そう問う柚子だったが、神が答えるより先に撫子が待ったをかけた。

「藤史郎については必要ない。あれは本人が望んでしたこと。それにより菜々子との関係も良好になったのだし、あれの執着心は本能をなくしているぐらいがちょうどよい」

「それはそれでどうなんでしょう……」

親からそのような評価を与えられるのも問題な気がする。だが、ふたりの関係が良好というのはなによりだった。

柚子は玲夜を見上げる。

「玲夜、本当にどこかおかしなところはない？」

「ああ、特にはな。むしろ欠けていたピースが戻ってきたようで、気分がいい」

「それならいいんだけど」

玲夜の無事を確認してから、柚子は神の方に体を向ける。

「ありがとうございました」

柚子は深く頭を下げて感謝を伝えた。

少々物申したいところはあれど、玲夜の本能が戻って安堵している自分に気がついた。

花嫁という立場にすがっているのは、どちらかというと自分なのかもしれないと柚子は思う。

『私が望むのは柚子の幸せだ。それを忘れるな――』

そう言い残して、神は桜の花びらになって空へ舞い上がっていった。

六章

菜々子と藤史郎の件があって数日経ったある日、またもや玲夜が不在の最中に客人がやってきた。

そして、菜々子の時以上に困惑した様子の雪乃に、柚子は不安を感じる。

「雪乃さん、そんなに厄介なお客様なんですか？」

「そ、それが、正直我々にも判断しかねまして、今玲夜様に至急の連絡を取っております。柚子様はお部屋でお待ちになった方がよろしいかもしれません」

「そんなに変なお客様なんですか？」

「変というかなんというか……」

珍しくはっきりしない雪乃に不思議がる柚子は、誰が来たのか確認するため会いに行くことにした。

きちんと子鬼と龍も連れているので問題はない。

そもそも、玲夜の結界に守られ鬼がたくさんいるこの屋敷で、柚子がどうにかなるはずがないのである。

柚子になにかしようものなら、逆に相手の方が戦闘不能になるだろう。

だからこそ、まったく危機感を持たず客間へと乗り込んだのだが……。

部屋に入った瞬間に、柚子は固まる。

そして、客間に着くまでにすれ違った使用人たちが、いつもとはあからさまに様子がおかしかった理由も分かった。

客間には、髪を茶色く染めた派手な四十代の女性と、五歳ほどの男の子がいる。

女性はまったく見ず知らずだったが、男の子の方が問題だった。

なんと、以前に沙良に見せてもらったアルバムに載っていた写真に写る、幼少期の玲夜そっくりなのである。

これには柚子も思わず声を失った。

けれど、客人ふたりの視線は柚子に向けられており、柚子は玲夜不在の間は己が主人なのだと言い聞かせて、見た目は落ち着いて見えるように振る舞った。

けれど、頭の中はパニック状態だ。

「このたびはどのようなご要件でしょう?」

微笑みを浮かべて問いかけると、女性は目の前のテーブルにバンッと両手を叩きつけた。

大きな音と突然の行動にびっくりする柚子。

だが、テーブルを叩かれただけでなにかされたわけではなく、どうやら柚子を威嚇して話を優位に進めたかったようだ。

「この子は朝霧《あさぎり》っていうの。私の名前は覚える必要はないわ。どうせ、会うのは今日だけだし」

柚子は朝霧と紹介された男の子に目を向ける。

五歳にしては大人しく椅子に座って、なにやら驚いたように柚子をじっと見ている。

それに対して少し疑問に思いつつも、女性に視線を戻す。

「そうなんですか？」

女性はギロッと柚子をにらみつける。

「あんたがここの女主人なの？」

「ええ、そうです」

とはいえ、滅多に客も来ないこの屋敷で柚子が女主人としてする仕事などほとんどない。使用人頭の道空《どうくう》が柚子の指示を受ける前に先に動き、手際よく采配してくれるおかげだ。

それにいつまでも甘えていてはいけないが、今のところは道空が下の者をまとめてくれているので助かっている。

「ふーん」

女性は品定めするかのようにジロジロと不躾な視線を向けてくる。

気分のいいものではなく、早急に本題へ入ることにした。

「それで、ご要件は？」

「決まってるでしょう。この子のことよ」

女性は隣に座る男の子の肩を叩いた。

遠慮を知らない行いに柚子は不快感を示したが、相手が気付いた様子はない。

「この子の養育を任せたわ」

「は？」

素っ頓狂な声を思わずあげてしまう柚子に、女性は気にせず話を続ける。

「この子の母親が亡くなったから、親戚の私がこれまで面倒見てあげてたの。父親が分からないって言うし、施設に預けるのもかわいそうじゃない？　だけど、父親が見つかったなら、父親が面倒見るのが当然でしょう？　だから、あとは任せたわよ」

息もつかせぬ弾丸トークで満足すると、女性はもう用はないとばかりに立ち上がった。

「それじゃあね。朝霧、実のお父さんと頑張るのよ」

そのまま子供を置いて出ていこうとする女性に、柚子も慌てる。

「ちょっと待ってください！　どうして見ず知らずの子を預かる話になっているんですか？　勝手に決められても困ります！」

柚子は引き止めるべく声をかけるも、女性は取り合わない。

「困るのはこっちよ。本当ならこれまでの養育費も請求したいところだけど、それはもうあきらめてあげるわ」

「あきらめるもなにも、こちらが養育費を払う必要も育てる必要もないでしょう！」

「この子の父親はここの家の主人だっていうんだからしょうがないじゃない。あなたは本妻かなにか？　それとも後妻？」

「ごさっ」

柚子は女性の勢いに完全に呑まれていた。

「まあ、どっちでもいいわ。旦那が自分以外の女との間に子供を作ってたなんて信じられないでしょうけど、この子の父親はこの家の主だってちゃんと分かってるんだから。父親なら責任取りなさいよって、あなたから言っておいてよね。じゃあね」

頭が真っ白になった柚子を残して、愚痴をこぼしながら女性は帰っていった。

立ち尽くす柚子を、子鬼が心配そうにする。

「柚子ー」

「柚子～」

そんな子鬼の心配の呼びかけにも反応できずにいる中、龍が柚子の腕から離れ、置いていかれた男の子に近付く。

『ふーむ、ふむ』

グルグルと四方八方から眺める龍に、男の子は目を丸くしている。

『なるほど、あやつの隠し子か』

「隠し子……。玲夜の？　そんなはずないじゃない……」

唖然《あぜん》としながらも否定の言葉だけは口から出た。

『だが、こんなによく似た子供、隠し子以外の何者でもなかろう。それにこやつから鬼の気配がするぞ。朝霧と言ったか、歳はいくつだ？』

「五歳」

うろうろと視線をさまよわせつつ、ぽつりとつぶやいた。

五歳というと、柚子と出会う前に母親は妊娠している計算だ。

決してあり得なくはない。だが、その当時、玲夜は桜子と婚約しているはずで、どっちにしろ浮気していたことになる。

「でも、そんな……。玲夜に限って……」

『浮気された者は皆そう言うのじゃぞ』

なぜか楽しげに部屋の中を飛び回る龍に苛立ちを感じた柚子は、ちょうど目の前を飛んできたところで胴体を鷲掴《わしづか》んだ。それはもう力いっぱい。ひねり潰さんばかりに。

『ぎゃー!!』

龍の悲鳴があがる。霊獣が人間の力ごときでどうにかなるはずないというのに大げさな。

怒りを沈めんと、深く深呼吸しながら龍をぎゅうぎゅうとしめつける。

ぐてっとなった龍を、今回ばかりは子鬼……いや、アオとソウは助けなかった。

「龍が悪い」

「うんうん、龍が悪いよ～」

神から名前をつけてもらったアオとソウだが、名前がついた影響なのだろうか。

これまでふたりでひとりというように性格も行動も似ていたのに、徐々に性格に変化が出始めた。

アオは少しヤンチャで活発。

ソウは少し大人しく、穏やか。

元気いっぱいなのは変わらずだが、これから時間が経つにつれ、もっと大きく変化していく可能性は大きい。

それが少し楽しみでもあり、悲しくもある。

だが、本人たちはなんとも思っていないようなので、柚子が気にしすぎなのかもしれない。

それよりも今問題なのは、玲夜の隠し子（仮）だ。

柚子は意を決して男の子へ近付くと、目線を合わせるように膝をつく。

「こんにちは。私は柚子っていうんだけど、朝霧君でよかった？」

問いかける柚子に、少年は驚いたように柚子の顔を注視していた。

あまりにもじっと見られ、顔になにかついているのかと思うほど。

「えっと……、朝霧君？　もしかして、名前を聞き間違えた？」

目の前で手を振ると、少年ははっと我に返ったようで、ぶんぶんと首を横に振って否定した。

反応が返ってきたことに安心する柚子は、朝霧に問う。

「あのね、朝霧君のお父さんっていうのは……」

「鬼龍院ってママが言ってた」

ガンッと鈍器で頭を殴られたかのような衝撃を受ける。そんなはずがないと、柚子は何度心の中で叫んだだろうか。

けれど、否定するにはあまりに玲夜に似ている。血縁者でない方が不思議なほどに。

その後、混乱状態の柚子は男の子から情報を引き出そうと必死になったが、なぜか男の子の方から逆に質問責めに合っていた。

「お姉ちゃん、年齢は？」

「お姉ちゃんの好きな食べ物は？」

「お姉ちゃんの好きな色は？」

質問したいのは柚子の方だと、柚子は困ったように苦笑しつつも答える。

そうしていると、部屋に玲夜が入ってきた。

雪乃が玲夜に連絡を取っていると言っていたので、急いで帰ってきてくれたのだろう。

柚子は子供の前であることも忘れて玲夜に抱きつく。そうしていないと不安に押しつぶされそうだった。

「玲夜！」

「玲夜」

柚子が玲夜の顔をうかがうと、その目は柚子ではなく朝霧の方を向いている。

「玲夜、まさか知ってるの？」

「……いや、少し驚いただけだ。ある程度道空から聞いているが、まさかここまで似ているとは」

それはどういう意味で口にしているのか気になった。

『そなた隠し子がおったのか!? 柚子というものがありながら、隠し子を作っておるなど言語道断！ かくなる上は、あのお方に連絡して鬼の一族に天誅《てんちゅう》をくれてやろうぞ！』

などと興奮している龍を、玲夜は雑に掴んで後ろに投げ捨てる。

『ふぎゃ』

「邪魔だ」

『ひどい……』

邪魔者扱いされた龍は、毎度のごとくアオとソウに慰めてもらっていた。

「玲夜……」

柚子が見上げると、玲夜は優しく微笑む。

「安心しろ、俺の子じゃない」

「ほんとに？」

「俺を信じろ」

「……分かった」

玲夜は事実なら嘘をつかないだろうと信じる。なにより動揺がいっさいないことに安堵する。

「そもそもだが、連れてきた女は人間だったそうじゃないか。花嫁はひとりだけだ。花嫁ではない人間とあやかしの間に子供はできない」

「あ……」

つまりは、柚子という花嫁がいる時点で、他の人間との間に子供がいるはずがないのだ。目の前にいる男の子が玲夜の子供などということはあり得ない。

「でも、じゃあ、誰の子供？　この子は父親が鬼龍院だって……」

「あい？」

「やーやー」

全員の頭に浮かんだのはひとりだけ。

「…………」

「…………」

変な沈黙が辺りを支配する中、龍が空気を読まずに放った。

『ならば残ったのは当主しかおるまい』


柚子たちは真偽を確かめるために本家へと向かった。

するとそこではすでに修羅場が巻き起こっていたのである。

「どういうことなの、千夜君!?」

「違うよ～。誤解だよ、沙良ちゃーん！」

沙良が千夜の胸ぐらを掴んで問いただしている最中であった。

千夜は必死で自分じゃないと否定しているが、沙良は聞き届けない。

「父さん、母さん、連れてきましたよ」

怒りのボルテージが限界突破状態の沙良が、目を吊り上げてこちらを向く。

柚子の隣には、問題となる少年が一緒にいる。

どうも柚子を気に入ったようで懐かれてしまった。

柚子の手を握ったまま離さないのだ。

誰も知り合いのいない場所できっと寂しいのだろうと、小さな子相手にさえ嫉妬する玲夜をなだめつつ朝霧を本家まで連れてきた。

そんな朝霧を見て、沙良は指を差す。

「見てよ、あの子！　あんなに玲夜君にそっくりな子、玲夜君じゃなきゃ、千夜君の子に違いないじゃない！」

「そんなことないよ～」

さすがの千夜も、沙良にはタジタジのようだ。

「少しいいかしら」

修羅場の中、割って入ってきたのは、千夜の母、玖蘭《くらん》である。

玖蘭は天道も伴っており、ふたりは朝霧を見ると苦い顔をした。

「似ているわね。可能性は高いのかしら」

「玖蘭様……」

玖蘭へ気遣わしげな視線を送る天道。

そして、玖蘭は深いため息をついた。

「このような事態になったからには、いい加減あなたたちに話しておいた方がいいと思ってね」

「なにをですか？」

千夜は胸ぐらを掴まれたまま、きょとんとする。

朝霧は他の使用人に任せ、部屋には柚子たちだけとなった。天道は玖蘭の後ろに控えて座っている。

「さっきの朝霧という子だけど、千夜も玲夜も覚えはないのね？」

「もちろんです！」

「はい」

千夜も玲夜も強く否定した。

それによって玖蘭はなにかしらの確信を持ったのか、天道と目を見合せてから口を開く。

「これは千夜にも話していない、千夜が産まれる前の話よ」

「僕が生まれる前となると、お父様が生きていた頃の話ですか？」

「そうよ。あなたの父、先代当主には花嫁がいたのよ」

「ええっ！」

飛び上がりそうなほど驚いた千夜だが、柚子も体感としては同じぐらい驚いた。隣に座る玲夜の顔をうかがうと、千夜ほどでないにしろびっくりしているようだ。

「そんなこと、初めて聞きましたよ！」

「そうね、言っていないもの」

玖蘭はしれっと答える。

「どうしてですか？」

当主である千夜すら聞かされていなかったとは。

先代当主は千夜の父親だ。己の父親が花嫁を迎えていたとなれば知らぬはずがないだろうに。

そうでなくとも花嫁という存在は一族にとって大事な存在なので、当主として知らされていて当然の話だ。

「いろいろと複雑な問題が起きたからよ。まず最初に、千夜。あなたには異母兄弟がいる可能性が高いわ」

よほど衝撃だったのか、いつも騒がしい千夜が声もなく驚いている。

「話は長くなるから、静かに聞いてちょうだいね。まず初めに、先代当主には玲夜のように花嫁がいたのよ。一族にも認められて迎え入れられ結婚もした。そして、ほどなくして花嫁は妊娠したわ」

千夜も玲夜も初耳のようで驚いている。

「ですが、お父様に花嫁がいたなんて話、聞いたことがありませんけど？　そもそもお母様がいるじゃないですか。花嫁がいたなら、お母様と結婚はしていなかったはずでは？」

もっともな千夜の問いに、玖蘭は厳しい視線を向ける。

花嫁がいるのに、他の女性に目を向けるなどあり得ない。ましてや妊娠していたならなおのこと、玖蘭との間に千夜という子供がいるのが不思議である。

「静かにお聞きなさい」

「はい！」

玖蘭のにらみに千夜は小さな子供のように委縮する。当主の威厳はどこに落としてきたのか。

玖蘭はやれやれと息をつく。

「続けますよ？　先代当主には花嫁がいましたが、天狗《てんぐ》の一族、烏羽家に拉致されたのです。鬼と天狗の仲が悪いのは説明するまでもない話でしょうから省きますよ。花嫁をかどわかされ、鬼の一族は当然取り戻そうと動きましたが、結果としてその花嫁に手ひどく裏切られたのです」

「……今思い出しても忌々しい」

ギリリッと歯噛みしているのは、天道である。先代当主に仕えていた天道は当然、当時を知っているはずだ。

いったいなにがあったのか、先が気になる。

「花嫁は、こちらが助けるべく策を練っている間に烏羽家の当主に恋をし、助けに向かった先代当主の手を振り払って帰ることを拒否したのです。結局そのまま花嫁を連れ帰ることは叶《かな》わず、その後の花嫁の消息は不明。鬼龍院の血を絶やすわけにもいかないので、その後私が当主に嫁入りし、千夜を授かったというわけです」

「えっ、いろいろツッコミどころ多すぎて、どこからツッコんだらいいのか分からないんだけど～！」

千夜の緊張感の欠片《かけら》もない叫びに、玖蘭はため息をつく。どうやら千夜の性格にいろいろと気苦労が絶えなさそうである。

「当時花嫁のお腹にいた子供もどうなったか分かっていません」

「つまり、その花嫁のお腹にいた子供、もしくは孫の可能性をお祖母《ばあ》様はお考えなんですね？」

千夜とは違い、玲夜は冷静な態度で玖蘭に問いかける。

「その通りです。可能性は大いにあります。けれど、真偽を確かめるのは難しいでしょうね。烏羽家が素直に答えてくれるとも思いません。ただでさえ仲の悪かった両家は、その一件以降、さらに関係が悪化しましたから」

「ならば、あの子供はどうしますか？　スパイの可能性もあるでしょう？」

問いかける玲夜の表情は厳しい。

「本家で預かりましょう。万が一スパイだとしたら、なおさら放置はできません。いいですか、千夜?」

「はーい」

気の抜けるような返事に、千夜以外の全員がため息をついた。

七章

柚子は玖蘭からお茶のお誘いを受け、沙良とともに玖蘭の住む離れを訪れた。

玲夜は千夜と本家の屋敷の方で仕事の話をしている。

純和風の建物は、レトロな雰囲気もあってとてもお洒落《しゃれ》だ。

「ようこそ、いらっしゃい」

「お義母様、お招きありがとうございます」

「私までご招待いただきましてありがとうございます」

柚子も沙良に倣ってお辞儀する。

「今ここにはうるさい天道もいない女子会だから気楽に過ごしてちょうだいね」

「お気遣いありがとうございます」

最初は厳しい人というイメージだったが、今のように穏やかに笑う顔は玲夜にも似ている。

「さ、座ってちょうだい」

「わぁ」

柚子はテーブルの上に並べられたお茶菓子の数々に目を輝かせる。

固めのプリンやクッキー、最中、バターサンドと、多種多様のお菓子を用意してくれていた。

「どれが好みか分からなかったからたくさん買いすぎちゃったわ。だから遠慮なく食べてね」

「ありがとうございます！」

早速食べながらおしゃべりを楽しむ。

最初は雑談で、当たり障りのない会話が続く。しかし、次第に話題は先代当主とその花嫁へと移っていく。

「私はあまりお義父様《とう》について知らないんです。ほとんど表舞台に立たれた記憶がないですから」

そう沙良が柚子にも分かりやすく説明しつつ話す。

「でしょうね。基本的に采配を奮っていたのは私と天道たち側近だったから」

「千夜君もあまりお義父様と接した機会がないらしくて、思い出がないって……」

「そうね。私も当主代理の仕事をこなすのに忙しくて、かなり寂しい思いをさせてしまったわ」

柚子の知らない千夜の子供時代。

底抜けに明るい千夜と『寂しい』という言葉はあまり噛み合わず、違和感があった。

「どうしてお義父様は表舞台に立たれなくなったのでしょうか？　天道さんのように先代当主に心酔する者は少なくなかったと聞いています。これまではなんとなく聞いてはいけない雰囲気だったので聞けなかったんですけど」

これまで聞く機会がなかったのか、聞ける雰囲気ではなかったのか、沙良は恐る恐るという様子で問う。

柚子も非常に気になる質問に、意識が集中させる。

「先代当主はね、典型的な花嫁に溺れたあやかしだったわ。だからこそ花嫁をなにより大事にしていたけれど、花嫁の方はただ鬼龍院という名前と財力に目をつけただけ。先代当主に愛があったわけじゃないの」

玖蘭の眉根が寄る。

「花嫁は打算的な女だった。美しい旦那と地位とお金、すべてを手に入れるためなら愛のない結婚をなんとも思っていない。そんな女だからこそ、簡単に捨ててしまえたのでしょう。自分は本当に愛する人を見つけたってね。あの女ときたら、危険を承知で助けに向かった先代当主にそんなことを言って追い返したそうよ」

「それはいろいろとすごい女性だったんですね」

もちろんいい意味では言っていない。

それは沙良にも玖蘭にも伝わっている。だからこそ、玖蘭はクスクスと笑った。

「本当にその通りだわ。すごい女だった。それでもあの女は花嫁だったから、先代当主の落ち込みようは尋常ではなかったの。最初は暴れ、泣き、叫び、どんどん精神を病んでいったのよ。私と結婚して千夜が生まれたけれど、先代当主は花嫁のことばかり。死ぬ間際まであの女の名前を呼んでいたわ。まるで壊れた機械のようにね。ほんと、おかしいでしょう？」

玖蘭は笑いながらも、その顔には複雑な感情が見え、柚子はなんとも言えない気持ちになった。

「そんな姿を見ているから、玲夜に花嫁ができたと聞いた時には心配だったし、先代当主を見てきた天道たちは花嫁との結婚を断固として反対してきたの。また烏羽家との確執が起こらないかと心配なのね。それと同時に、花嫁に捨てられた場合の玲夜の心配もしているのよ。天道の態度からはそうは見えないでしょうけど、先代当主のように病んでしまわないか、玲夜を心から案じているの」

「私は玲夜以外を選んだりしません！」

確かに同じ花嫁かもしれないが、簡単に夫を捨てるような花嫁と一緒にしてほしくはなかった。さすがの柚子も不快感で気分が悪くなる。

「ええ、分かっていますよ。けれど、少しずつ壊れていく先代当主の姿を見ていることしかできなかった天道たちの気持ちも分かってあげてほしいの。難しいでしょうけど」

「はい……」

自分が反対される理由をようやく知ることができた。

それが玲夜を心配しているからなどと言われたら、怒るに怒れないではないか。

少しずるいと思う柚子だった。

その後のお茶会は穏やかな雰囲気のまま終わり、柚子は玲夜と帰ることに。

「お姉ちゃん、朝霧君とはここでお別れね」

「うん、帰るの？」

「やだぁ」

朝霧は柚子にしがみついて離れようとしない。

母親を亡くしたと聞いたので人恋しいのだろうかと、柚子は朝霧に同情心が湧く。

けれど、いつまでもこの場にいるわけにもいかない。すぐそばには、暗黒のオーラを発する玲夜が仁王立ちしているのだから。

さすがに子供相手に手を出すような真似はしないようだが、いつ手が出てもおかしくない雰囲気ではある。

朝霧の身元が不明なのが一番の問題のようだ。

朝霧を置いていった親戚の女性。それが誰なのか調査したのだが、鬼龍院の力をもってしても見つけられなかったらしい。

狐雪ほどの家なら隠し通せるかもしれないが、国内にいて鬼龍院の目を逃れることなどできるものではない。

も思う。

警戒するのは仕方ないが、朝霧はまだ子供なので、少しやりすぎなのではないかと
ただし、そんなことを言おうものなら柚子の警戒心のなさを懇々と諭されてしまう
ので、柚子は黙ることを覚えた。

「ごめんね、朝霧君」

「い～や～」

離れてくれない朝霧に困り果てる柚子。

なんだかんだと居座って、今はもう空に月が登っている。

柚子はなんの気なしにぽつりとつぶやいた。

「満月だ……」

月の光が夜の空を照らし、まるで降り注いでくるかのよう。

じーっと見上げていると、次第に目が離せなくなっていく。まるでそのまま月に吸
い込まれそうな感覚。

空を見上げたまま動かない柚子を、玲夜が訝しむ。

「柚子？」

幾度か玲夜が柚子の名前を呼ぶも、玲夜の声がだんだん遠くなっていく。そし

て……。

はっと我に返った柚子は、暗闇の中で佇《たたず》んでいた。

空には月。そして目の前には大きな桜の木と、絹糸のような白い髪をなびかせた神々しいまでの神の姿があった。

見覚えのある光景に、柚子は『またか』と遠い目をする。

『柚子』

「神様、呼び出すなら時と場所を考えていただけると嬉しいんですけど……」

柚子は困ったように苦笑する。

今度は何日で起きられるだろうか。きっと玲夜にまた怒られるに違いない。

『柚子』

起きた後のことばかり考えていた柚子は、神がいつになく真剣な表情をしているのに気付くのが遅れた。

「神様？」

『柚子、気をつけなさい』

「気をつけるってなににですか？」

「すべてにだ。あの者にはちゃんとあやかしの本能を返しておいたが、それだけでは足りない。使役獣をそばに置いておくんだ。龍とも離れないように。どんな選択をしようと私は柚子の味方でいよう」

まるでノイズがかかったように、時々神の声が聞き取れない。

「どうしたんですか、急に？」

『お前はサクの分まで幸せにならなくてはいけない。それが私のなによりの望みだ』

「神様？」

柚子が神に近付こうと歩きだすが、その直後、桜吹雪が柚子の行く手を遮った。

「きゃあ！」

悲鳴をあげながら思わず目を閉じる。

次に目を開くと、目の前にまろの顔があった。

「まろ？」

「アオーン」

「……苦しい」

胸の上にドーンと乗っているので、圧迫されて苦しくてならない。

変な夢を見たのはこのせいではないのか。だが、あれほどはっきりと神が出てきた以上は、無視できない。

「うーん」

頭の中でどう伝えようか考えていると、玲夜が走って入ってきた。

「柚子！」

そして、そんな玲夜を押しのけて千夜が入ってくる。

「よかったよ～、柚子ちゃーん!!」

「お義父様」

玲夜より先に抱きしめようとする千夜だったが、寸前のところで玲夜に阻止され、ポイッと脇へ捨てられた。

そして、柚子は千夜の分まで玲夜に強く抱きしめられる。

「よかった、柚子」

吐息交じりの安堵の声は、柚子を心から心配していたことを伝えてくれる。

「ごめんね、玲夜。今度は何日経った？」

「三日だ」

「うわぁ」

さすがに神の気遣いのなさには慣れたつもりではあったが、三日と聞くと頭を抱えたくなる。

夏休みも明けて学校が始まったばかりなのだから、休みが続くのは避けたいというのに困ったものだ。

「今回はなんの呼び出しだ？」

「それがよく分からなくて。気をつけろって。アオやソウ、あと龍のそばから離れるなとか、忠告っぽい感じ？」

ノイズのせいでうまく聞き取れなかったが、そのようなことを言っていた気がする。

「神様がそんなこと言ったんだねぇ。だとしたら無視できないか。前に言っていた鬼龍院に恨みを持っている者が動いてるって話もあるしね」

千夜には珍しく真剣な顔をしている。

それにつられてか、玲夜の眉間にも皺が寄る。

「どこの者か調べられたんですか？」

「まだなんだよねー」

千夜は肩をすくめる。

「ずいぶんと時間がかかっているんですね」

鬼龍院の力をもってすれば、たいがいのことはすぐに調べられるというのに。

「隠れるのがうまいんだよねぇ。これは本格的に天狗の関わりを疑った方がいいかもしれないね」

「天狗……」

柚子はつぶやく。ちょうど先代の話を聞いたところだ。

「柚子を狙ってきますか？」

花嫁を誘拐した事件を考えると、そう玲夜が心配するのも当然で、柚子もほぼ同時に同じ心配が頭に浮かんだ。

「その可能性も考慮しておいた方がいいね。柚子ちゃんの周りの警護を増やしておくよ」

「お願いします」

「柚子ちゃんも、できるだけ龍や子鬼たちを離さないようにね」

「はい」

そんな子鬼たちは柚子が寝ているベッドのサイドチェストの上に乗っている。

「柚子守る！」

「絶対守る！」

気合いいっぱいの子鬼たちに柚子は顔をほころばせる。

「ありがとう、アオ、ソウ」

「あーい」

「あい！」

その様子を見ていた千夜はニコニコしている。

「うんうん。神様に名前をもらったこの子たちがいたら、たいがい大丈夫だよねー。でももはや玲夜君の使役獣の域を遥《はる》かに飛び越えちゃって、頼もしいより怖いよね。でも柚子ちゃんにはこれぐらいの方が安心かも。神様にはお礼を言っとかないとだね、玲夜君」

「不本意ですが、確かに安心です」

と、玲夜は少し複雑そうな顔をしている。

その時、ぐらりと建物が揺れた気がした。

「な、なに⁉」

柚子は驚いて身をすくめる。

「あちゃー、突破されちゃったみたい」

「父さんの結界がですか？」

玲夜がひどく驚いた顔をしているが、柚子にはすぐ理解できなかった。

「どういうこと？　今の揺れはなに？」

「どうやら本家の領域に張っている僕の結界を壊して、誰かが侵入してきたみたいなんだよね」

「え！」

ずいぶんとのんきに話しているが、あやかしのトップに立つ千夜の結界を壊すなど、普通のあやかしにはできない。かなり危機的状況に思える。

案の定、玲夜はわずかながら焦りを見せていた。

「のんびりしている場合ですか！　早く侵入者を見つけないと」

「そうだねぇ。じゃあ、玲夜君もちょっと手伝ってくれるかい？」

こんな時でも動揺ひとつしない千夜は、まったくもって大物だ。

「柚子はここにいてくれ。お前たち、ちゃんと柚子を守るんだぞ」

「あい！」

「やー！」

子鬼は敬礼して、千夜を急かしながら出ていく玲夜を見送った。

柚子がいるのはどうやら本家の当主が住まう屋敷の中のようだ。

千夜に緊張感はなかったが、屋敷の他の者たちが慌ただしく走る足音が何度も聞こえてくる。

あやかしの中で最強と言われている鬼の一族がここまで慌てているなど、相当緊迫した状況なのではないかと柚子に不安が押し寄せる。

こういう時は柚子を案じて沙良が様子を見に来てくれたりするのに、それすらないことが事態の深刻さを物語っているように思う。

「大丈夫かな……」

「僕がいる！」

「僕も！」

なんとも力強い声で励ましてくれるアオとソウの頭を撫でる。

「ありがとう。ちなみに、龍がどこに行ったか知ってる？」

しかし、ふたりはこてんと首をかしげるだけで、居所は知らないらしい。

「でも、本家の敷地内にはいるよ」

「そうなんだ」

「うん。気配を感じるから」

もしや野次馬でもしているんじゃないだろうなと、柚子は疑う。あの龍ならやりかねない。

「玲夜……」

何事もないことを願う柚子。

その時、部屋に足音が近付いてくるのを感じた。

「玲夜？」

ぱっと立ち上がった柚子は部屋の扉を開けた。

しかし、そこにいたのは玲夜のように見えて玲夜ではない誰か。

「え……」

「お前が鬼龍院の花嫁か？」

姿は似ているが声は玲夜とまったく違う。より低くかすれた声なので、かなりの違和感がある。

「誰……？」

柚子はじりじりと後ずさるが、男はかまわず中に入ってくる。柚子を見る男の目は憎悪に満ちており、殺意すら感じた。

「あなたは誰？」

「いいご身分だな」

柚子の問いかけに、男はふっと口角を上げる。

「鬼龍院さ。鬼の花嫁との間に生まれた本来の当主だ」

「鬼の花嫁……。先代当主の……」

驚く柚子を見て、男は目つきを鋭くする。

「どうやら俺の存在は知っているらしいな」

「あなたが穂香様に神器を渡したの？」

「ん？　ああ、あれか。烏羽家への意趣返しだ。これまで俺を散々虐げてきた奴らへの嫌がらせさ」

「どういうこと？」

柚子は危機感を覚えながらも、玲夜が気付いてくれることを願い、なんとか時間を稼ごうとする。

「俺の母親は鬼の花嫁だったんだ。お腹にいた俺は当然鬼のあやかしだ。そんな俺を、鬼と仲の悪い天狗の一族が受け入れると思ったか？　答えは否だ！」

興奮していくに従い、男の声も大きくなる。

「母親が天狗の当主に恋をし、誘拐されてきたにもかかわらずその場に残ったせいで、鬼でありながら天狗の里で暮らさざるを得なかった。生まれた時から天狗の里にいるのに、鬼の俺はどうあがいても天狗の中に迷い込んだ醜いアヒルの子でしかない。これまでずっと受け入れられず、迫害されて生きてきたんだ」

男はこれまでの怒りと憎しみをぶつけるように柚子に語る。

「ある日、俺は知った。俺には母親の違う異母兄弟がいるのだとな。そいつは俺の存在も知らず、あやかし界のトップと崇められてのんきに生きてやがる。本来はこの俺こそが鬼龍院の当主なんだ！　それなのに、片や泥水をすすり地べたを這《は》うような生活をし、もう片方は人々からの尊敬を集めぬくぬくと生きている。この扱いの差はなんだ!?」

喉から血が噴き出すような声で叫ぶ男からは、鬼と天狗両方の一族への恨みと憎しみが感じられた。

「あなたはどうしたいんですか？」

「俺は俺が本来持っていたものを取り戻しに来ただけだ」

「そんなの無理に決まってる」

すでに鬼の一族は千夜を中心に回っている。

男のこれまでの環境は確かに同情するが、男が出てきたからといって、今さら当主になれるはずがない。

「ああ、そんなの十分に分かっているさ。だから、手に入らないなら壊すしかない」

血走った目が柚子を捉える。

「そのためには花嫁だ。花嫁を失ったあやかしがどんな結末を迎えるか、お前は知っているか？」

危険を感じ、背筋がぞくりとする。

「烏羽家は気に食わないが、烏羽家からはすでに神器を奪ってやったからな。それでこれまでの俺の恨みが消えるわけではなくとも、俺も自分の身はかわいい。神器の代わりにお前を連れていけば、烏羽家は俺を見逃す。そういう約束だからな」

「約束？」

引っかかる言葉に気を取られていると、男が柚子に向かってきた。

柚子は手近にあったクッションを投げつけるが、そんなもので男の行く手を妨害することはできなかった。

男の手が柚子の腕を掴んだその時。

「あいあーい！」

「あーい！」

子鬼から蒼い炎が噴き出し、子鬼を包み込んでいる。

その炎からは柚子にも馴染みのある神の気配を感じた。あやかしの使役獣なら普通は感じられない清廉で清浄な気配。

「アオ、ソウ」

あきらかにこれまでの子鬼とは違う大きな力を感じる。

それは男も感じ取ったようで、まるで化け物を見るかのような目で子鬼たちに目を向けた。

「な、なんだ、お前ら」

「柚子は僕たちが守る」

「柚子の敵は倒す」

ごうごうと燃え上がる蒼い炎は部屋の中を満たすように広がっていく。

「くっ」

男は炎に触れて苦しんでいるようだが、柚子が炎に触れても熱さをいっさい感じない。むしろ心地よい温かさで、柚子を守っているかのようだ。

「飛んでけー！」

「やー！」

炎は一層膨れ上がると窓の外にもあふれ出し、子鬼が放った蒼い炎の塊は男にぶつかり、勢いよく男を吹き飛ばした。

部屋の壁を突き抜け隣の部屋に投げ出された男は、そのままピクリとも動かず床に転がっている。

「え……」

あまりの威力に柚子は頬を引きつらせた。

「神様のおかげで強くなったねー」

「僕たち最強ー」

あまりの強さに驚く柚子を置き去りに、アオとソウは満足げな顔をしており、ふたり手を合わせて勝利をたたえ合っている。

「柚子、大丈夫か！」

子鬼の炎に気付いたからか、間もなく玲夜と千夜が駆け込んできた。

玲夜はすぐさま柚子の無事を確認するように抱きしめる。

「どこもなんともないか？」

「うん。むしろあっちの方の心配をした方がいいかも……」

柚子の視線の先には、気絶した男。千夜が興味津々な様子で確認している。

「わーお。本当に玲夜君にそっくりだねぇ」

「その人が先代当主の花嫁のお腹にいた子供みたいです」

「えっ、柚子ちゃん、それ本当⁉」

さすがの千夜も驚いたようだ。

「はい。本人がご丁寧に説明してましたから」

「どうしてこんなことしたか言ってた？」

「鬼と天狗への恨みからみたいです。本当なら自分が鬼龍院の当主なのにって。天狗の里ではいい扱いをされなかったようです。それで嫌がらせに神器を盗んだけど、その後は鬼龍院への恨みを晴らすために私を烏羽家に連れていこうとしていたみたいで……。約束？とかなんとか」

「誰との約束だ？」

玲夜が問うが、柚子もそこまで聞いていない。

「分からない」

柚子は首を横に振る。

「まあ、いい。柚子が無事だったんだ」

「玲夜の方は大丈夫だったの？」

「ああ。何人かのあやかしが侵入したようだが、すべて捕らえた。どうやらそっちはおとりで柚子の方が本命だったみたいだな。それにしても……」

玲夜は子鬼たちを見る。

「ここまで力をつけているとは予想外だ」

玲夜は頭痛がするかのようにこめかみを押さえた。

「玲夜君の手にあまってきちゃったねぇ。まあ、柚子ちゃんに忠実だから問題ないでしょ」

「あいあいー」

「あーい」

子鬼は腰に手を当てて、得意げに胸を張った。

＊＊＊

龍は本家を見渡せる空の上を飛んでいた。

本来は柚子のそばにいるべきなのだろうが、神から名前を与えられた子鬼たちがいる。今回侵入してきた者たちぐらいなら自分がいなくとも問題ないと判断した。

『逃がしたか。厄介なことにならねばいいが……』

龍は新たに張り直された結界を確認してから、踵を返す。

『まあ、柚子が望むならどちらの選択をしても我は構わぬし、あの方も同じお考えであろう。柚子をつなぎ止められるかはあの男次第だな』

意味深な言葉を吐いて、遠くをにらみつけた。

＊＊＊

その後捕まった千夜の異母兄弟という男は、本家にある座敷牢《ざしきろう》に置かれることになった。

他の侵入してきたあやかしは、それぞれの一族に連絡したのちに、個別に対応していくらしい。

座敷牢に入れられた男は意外にも大人しくしているらしく、柚子は玲夜と一緒に一度だけ会いに行った。気になることがあったのだ。

「あなたのお母さん……。花嫁はどうしてるの？」

「はっ！　あんな女、母親なんて思ったこともない。金や名誉、打算でしか動けないような裏切り者の鬼の花嫁を、天狗の一族が丁重にもてなすとでも思ったか？　俺がある程度成長したら引き離されたよ。運がよければ天狗の里のどっかで生きてんだろ」

男は母親に対してあまり情はないようだ。

まあ、柚子も親との縁が薄いので、そこに関してなにか言及するわけではなかった。

「お前もせいぜいその女に捨てられないようにしろよ」

捨て台詞のように吐かれた言葉に対し、玲夜はなにも言わず、柚子たちは座敷牢を後にした。

ずっと静かな玲夜を柚子は見上げる。

「玲夜、さっきの言葉気にしてる？」

「………………」

玲夜は柚子を見つめる。

「わざわざ先代の花嫁の話を聞きに行ったのはね、どんな人だったのか知りたかったからかな。あやかしは社会的にも地位もお金もあるから、花嫁に選ばれた人の中には当然あの人の母親みたいに打算で結婚する人もいるだろうなって思うの」

「ああ」

迷いなく肯定したのは、玲夜もそんな花嫁がいるのを分かっているからだろう。

「そういう人がいるのは仕方ないし、それを両方が納得しているならいいと思う。けど、先代の花嫁が簡単に相手を捨てた件はすごく怒りを感じてるの。打算だとしても結婚したならちゃんと話し合うべきだし、お腹に子供がいるのにその子がどうなるかいけど」

も考えなかったのはひどいって。実際にその人がどんなことを思っていたか分からな

話しているうちに柚子もなにを言いたいのか分からなくなってきた。

「えっと、つまりね。なにが言いたいかっていうと、私は玲夜が好きで玲夜と結婚したってこと」

玲夜は今回の本家襲撃事件の後から神経質になっているのを感じる。

烏羽家に柚子を連れていこうと計画されていたのが気になって敏感になっているのだろう。

「もし私の前に玲夜以上に魅力的な人が現れたとしても、玲夜がお義父様から勘当だって家を追い出されて地位もお金もなくなったとしても、私は絶対に玲夜しか好きにならないから！　玲夜が本能をなくしても私を好きでいてくれたように、私も玲夜を立場で好きになったわけじゃない。玲夜が玲夜だから好きなの。それを玲夜も忘れないでほしい」

玲夜と同じだけの想いが返せているか分からないが、玲夜を不安にさせないように柚子も尽くしたい。玲夜がいつも柚子にそうしてくれているように。

じっと玲夜の目を見つめていると、ふっと玲夜の口元がほころぶ。

「今さらだ。柚子が俺の花嫁でいる限り、俺が祖父のようになることはない。万が一

柚子が捕らわれても、俺が地の果てまで必ず探しに行く。だから柚子は安心して待っていろ」

その自信に満ちた言葉に玲夜らしさを感じて、柚子はクスクスと笑った。

「うん。待ってるから必ず助けに来てね」

玲夜ならば、きっと言葉の通り助けに来てくれるだろう。

そう迷うことなく信じられた。

特別書き下ろし番外編

外伝　猫又の花嫁～初社交界編

東吉の花嫁となった透子が猫田家で暮らし始めてもう一カ月になる。

「時間が経つのって早いわねぇ」

「なにババ臭いこと言ってんだよ。まだ若いのに」

「うっさい。本当にそう思ったんだから仕方ないでしょ！」

年寄り臭い発言をする透子にツッコむ東吉に対し、透子は声を荒らげた。

「だって怒涛のように過ぎ去った一カ月じゃないの。今のこの生活を想像するなんてできなかったんだから、しみじみするのも当然でしょ。逆ににゃん吉は思わないわけ？」

東吉のことを『にゃん吉』と呼ぶのにも慣れて違和感もなくなった。

どれだけ濃い日々を送っていたか感じさせられる。

最初こそお客様対応だったこの猫田家での生活も、今や我が家のようにくつろげる空間となっており、透子は自分の適応能力の高さに感心していた。

猫田家の使用人たちがいい人ばかりだというのもあるだろう。引っ越してきた初日から優しく迎え入れてくれたおかげで、透子も早く馴染むことができたのだ。

それこそ、まだ暮らして一カ月とは思えない、もう何年もここで暮らしているかのような居心地のよさを感じていた。

「あ、そうそう。透子に言っておくことがあったんだった」

「なに？」

「今度パーティーがあるんだよ。それに俺と一緒に参加してくれないか？」

「パーティー？」

透子の思い描いたパーティーとは、友人同士で行う誕生日パーティーだ。

友人の柚子の誕生日には、簡素ながら安さとボリュームで学生に人気のカフェで行った。

柚子は家族との仲がよくないので、誕生日すら祝ってもらえない。

だからこそ、透子や他の友人で企画したサプライズの誕生日パーティーを大層喜んでくれた。

泣くほど喜ぶ柚子を見て、友人たちと来年もしようと心に誓ったものだ。

それと同時に、私の親友になにしてるんだという、柚子の家族への怒りと不満が吹き荒れる。

けれど、よそ様の家の問題に口は出せない。

柚子の環境を知るたびに、自分がまだまだ子供であると痛感させられる。

もしもっと大人だったなら、なにかしら柚子の力になれたかもしれないのにと、透子はいつも無力さを感じるのだ。

とまあ、透子が思っていたパーティーとはそのような友人同士の小さな集まりだが、東吉とは大きな齟齬《そご》があったと説明を聞いて知る。

「関わりのある会社の創立記念のパーティーだ。取引のある他の会社関係者も多く参加するから、かなり規模が大きいんだ。ついでに、あやかしと人間の親交を深めようって意図もある」

「あやかしの創った会社なの？」

「そういうこと。最初は親父に来てたんだけど、俺に花嫁ができたって知って、それなら花嫁と一緒に参加してくれってことになったんだよ。花嫁は、あやかしと人間が仲よく暮らしている象徴みたいなものだからな」

「ふーん」

透子はあまり興味はなさそうだ。

「それって絶対行かなきゃ駄目なの？」

「駄目ってことはないけど、できれば出てください……」

「なんで急に敬語？」

訝しむ透子を、東吉は真っ直ぐ見ない。

途端に透子の目つきが鋭くなる。

「吐け。なにかあるんでしょ」

「別になにもねえよ。ただ……」

「ただ？」

少々どすの利いた声で問いただす透子に、東吉は言いづらそうに話す。

「猫又ってのは、あやかしの世界じゃ下位の下位なんだよ。そんで、この招待状を送ってきたのは猫又より上位のあやかしの家から。つまりは……」

「断れないってわけね？」

「そういうことです……」

しょぼんと肩を落とす東吉。

透子はまだ花嫁になって一カ月。あやかしの世界の知識など、まだまだ知らないことが多すぎる。

一応東吉から招待状を見せてもらうが、会場となるのは透子でも知っている五つ星ホテルだ。それだけでどれだけ上流階級の者か想像できる。

しかも名前も聞き覚えのある大企業ではないか。

「これに参加するの？　まじで言ってる？」

信じられず問いかければ、東吉は迷わず頷いた。

「そんな嘘言わねえよ」

「私、普通の子娘よ？　マナーなんてなんにも知らないんだけど!?」

「それはまあ、特別に講師手配したから、付け焼刃で頑張ってくれ」

「はあ!?」

思わず東吉の胸倉を掴んでにらみつけたが、東吉は両手を合わせて懇願する。

「頼む！　しがない猫又に拒否権なんてないんだよ」

あまりに必死で頼むので、透子も断りづらくなってきた。

「あやかしってのは政治経済で成功している家ばっかりだと思ってたけど違うのね」

「まあ、確かに人間より秀でた能力を持ってるんだから成功している家が多いけど、その中にもグレードが存在すんだよ。さすがに鬼龍院や狐雪ともなったら叩き返せるけど、猫又がそんなことしたら一発アウトだ」

「鬼龍院と狐雪なら私でも知ってるわ」

鬼と妖狐の一族。

その中でも鬼は、あやかしの中でもっとも美しく強いという。日本社会においても絶大な権力を持っており、鬼龍院の采配次第で日本経済が左右されるとか。

実際のところは透子には分からないが。

「鬼龍院の人はこのパーティーに来てるの？」

目をキラキラと輝かせる透子に、東吉はすごく嫌そうに顔をしかめる。

「俺が知るわけねえだろ。さっきも言ったが、猫又は下っ端も下っ端なの！　鬼龍院の情報を手に入れられると思ってんならあきらめろ」

「なんだ、残念。せっかくこの世で一番美しいって言われるご尊顔を拝めるかと期待したのに」

「頼むから余計なことしてくれんなよ！　それで、出てくれんのか？」

「はいはい。まあ、あまり気乗りはしないけど、にゃん吉のためにひと肌脱ぐとしましょうか」

ということで、パーティーに向けてマナー講師の下、学ぶことになったのだが、この講師がとてつもなく厳しかった。

弱音を吐いても叱責が飛び、泣き言を言っても怒声が響く。

元々勝気で負けん気の強い性格の透子である。

怒られれば怒られるほど『こいつを負かす！』という気持ちが湧き上がってくるので、講師の人選としては正しかった。

それに厳しいだけでなく、ちゃんと講師として人を教えるのも上手だった。

こうして付け焼刃のマナーで挑むパーティー当日。

朝から磨き上げられた透子は、親戚の結婚式でも着たことのないような上等なドレスを着て会場へと着いた。自分には少しかわいすぎるのではないかと心配になるような、濃いピンク色のAラインのチュールドレスだ。

すっと差し出される東吉の手。

疑問符が浮かんだ透子だが、それがエスコートのためと分かって急に恥ずかしくなる。これほどスマートにエスコートしようと手を差し出す同い年の男の子など、透子の周りにはいない。よくて荷物を一緒に持ってくれるぐらいだ。

しかし、あまりに自然な東吉の行動に、どちらが普通の男子中学生なのかと分からなくなってきた。

いや、きっと東吉の住む世界はこれが当たり前の世界なのだろう。

そう思うと、気後れしてしまいそうになる。

到底自分に似合っていると思えない、着るというより着られている上質なドレスと、かっこいい東吉。

自分は本当にここにいていいのだろうかと疑問でしかない。

けれど、東吉は迷いなく透子に手を差し出し、透子だけを見つめている。

やってやろうじゃないの。

完璧に東吉の花嫁として勤め上げてみせると、透子はやる気をみなぎらせた。

会場はさすが五つ星ホテルとあって品がある。大広間には、すでにたくさんの招待客が訪れており、透子はあまりの絢爛豪華さに開いた口が塞がらない。

「おーい、透子。口閉じとけよ。アホ面になってんぞ」

「誰がアホ面よ」

透子は肘で東吉を突っつく。

それなりに強く突いたつもりだったが、東吉ときたら痛そうな顔すらしない。

あやかしにとったら、透子の一撃も大したものではないということなのだろうか。

なんだか悔しくなる透子だった。

「とりあえずなんか腹に入れとくか？」

「うん」

エスコートされながら軽食が置かれたテーブルに着くと、これまたお洒落な食べ物がたくさんあるではないか。

テーブルにはシェフがついており、取り分けてくれるようだ。

「世界が違いすぎるわ……」

今まで透子が生きてきた場所とはまったく違う。異世界に来てしまったかのような感覚に陥る。

きっと東吉と出会わなければ一生訪れることはなかっただろう世界。

そしてこれからはこの世界で生きていくことになるのかと思うと、軽く眩暈《めまい》がした。

「やっぱりにゃん吉の花嫁になったのは失敗だったかしら」

小さなつぶやきだったが、地獄耳かとツッコみたくなる聴覚で聞き取った東吉が慌てふためく。

「なんで急にそうなるんだよ⁉」

「あ、聞こえた？」

「聞こえるに決まってんだろ。あやかしは五感が優れてるんだから、これだけ近くにいたら嫌でも聞こえるっての」

「そりゃ悪かったわね」

まったく悪びれた様子はないが、なにやら東吉がかなりショックを受けているようだったのでとりあえず謝っておいた。

しかし、それでなかったことにできる東吉ではない。

「全然悪いと思ってるように見えねえんだけど。それよりなんでそんな言葉が出てくるんだよ」

「いや、別に。ちょっとこの会場の空気にびっくりしただけよ」

そう説明すれば、東吉も納得した表情だ。

「これぱっかりは早く慣れてくれとしか言えないな。今はまだ子供だからいいけど、成人したらもっと社交の場に出ることになるだろうし……って、そんなあからさまに嫌そうな顔しないでくれよ」

今だけでも衝撃を受けているというのに、何度も出席しなければならないのかと想像すると、自然と透子の顔が歪む。

「やっぱ今から実家に帰ろうかな」

「駄目だ！　もう透子は俺の花嫁だからな！　絶対一生離さないから！」

「重いんだけど……」

「重くて結構だ。それだけ透子を愛してるってことだ」

キリっとした顔でなんの恥ずかしげもなく口にする東吉に、透子はドン引きである。

「うわー、重い。重すぎる。愛とか言っちゃって恥ずかしくないの？」

「恥ずかしいわけないだろ。事実だ」

「私は恥ずかしいわよ」

ツンと突き放すように冷たい態度の透子は、重いと言いつつも心の底では不快ではないのだった。

完

あとがき

こんにちは、クレハです。『鬼の花嫁新婚編四～もうひとりの鬼～』を読んでくださいましてありがとうございます。

今回は前巻から少し登場していた新キャラが出てきました。

正体が明かされつつ、過去になにがあったのか。

そして、天道を始め、先代当主がどうして頑なに柚子を受け入れようとしないのかを明かしていく巻となりました。

柚子が憎しというよりは、玲夜を案じてという心の底があるからこそ厳しい態度にもなってしまったという優しさもそこにはあります。

そのあたりは、いずれ深掘りできればと思っています。

新キャラとしてはもうひとり、朝霧という隠し子疑惑の子供の登場で、千夜が沙良に叱られているところが、なにげにふたりの仲のよさをお伝えできたのではないでしょうか。

さすがの千夜も沙良には勝てないという、夫婦関係が垣間見れる場面かなと思います。

機会があればふたりの馴れ初め話も書いてみたいです。

今回も美麗なイラストを描いてくださった白谷先生に感謝です！

柚子の左手の薬指には指輪がされていて、ぜひそこにもご注目ください。

とても素敵です。

表紙のお花は藤になります。藤の花はコミックの方ともそろっているので、富樫先生が描かれるコミックと並べてご覧くださると二度おいしいと思います。

コミックの巻末の方にも短編を書かせていただいておりますので、そちらも楽しんでいただけたら嬉しいです。

すでに新婚編五巻の構想はある程度できあがっているので、どうまとめていこうかこれから考えていこうと思います。

それでは今後ともよろしくお願いいたします。

クレハ

この物語はフィクションです。実在の人物、団体等とは一切関係がありません。

クレハ先生へのファンレターのあて先
〒104-0031　東京都中央区京橋1-3-1　八重洲口大栄ビル7F
スターツ出版（株）書籍編集部 気付
クレハ先生

鬼の花嫁　新婚編四
～もうひとりの鬼～

2024年5月28日　初版第1刷発行

著　者　　クレハ　

発 行 人　菊地修一
デザイン　フォーマット　西村弘美
　　　　　カバー　北國ヤヨイ（ucai）
発 行 所　スターツ出版株式会社
　　　　　〒104-0031
　　　　　東京都中央区京橋1-3-1　八重洲口大栄ビル7F
　　　　　TEL　03-6202-0386　（出版マーケティンググループ）
　　　　　TEL　050-5538-5679（書店様向けご注文専用ダイヤル）
　　　　　URL　https://starts-pub.jp/
印 刷 所　大日本印刷株式会社

Printed in Japan

ISBN　978-4-8137-1589-4　C0193

和風あやかし恋愛ファンタジー
新婚編、開幕！
大人気シリーズ！
鬼の花嫁 新婚編
クレハ／著
イラスト／白谷ゆう
あらすじ
晴れて正式に鬼の花嫁となった柚子。玲夜の溺愛に包まれながら新婚生活を送っていた。ある日、あやかしの花嫁だけが呼ばれるお茶会への招待状が届き、猫又の花嫁・透子とお茶会へ訪れることに。しかし、お茶会の最中にいなくなった龍を探す柚子の身に危機が訪れて…⁉
シリーズ一～三巻
大好評発売中！
鬼の花嫁 新婚編一 ～新たな出会い～
鬼の花嫁 新婚編二 ～強まる神子の力～
鬼の花嫁 新婚編三 ～消えたあやかしの本能～
スターツ出版文庫